LAMEKIS,

OU

LES VOYAGES

EXTRAORDINAIRES

D'UN EGYPTIEN

Dans la Terre intérieure ;

AVEC

La découverte de l'Isle des Sylphides,

Enrichis de Notes curieuses & nouvelles.

CINQUIE'ME PARTIE.

Par M. le Chevalier DE MOUY.

A LA HAYE,

Chez NEAULME.

M. DCC. XXXVIII.

AVERTISSEMENT.

RAisonnons un peu, mon cher Lecteur, je vous tiens, j'en suis ravi : dans quel esprit m'allez-vous lire ? Si vous me rendez véritablement justice, je suis plus content que le Grand Turc. La raison est que mon but a été de vous amuser, & je vous amuserai sûrement, quelles que soient vos préventions : ces quatre dernieres Parties que je vous donne, ne sont pas sotes, je les approuve, & cela doit suffire pour que vous les trouviez charmantes. Entre nous, je vous avouerai qu'elles m'ont infiniment plû. N'en dites mot au moins, l'on publieroit dans le monde que j'ai de l'amour propre, & en vérité cela n'est pas vrai : figurez-vous bien que voilà celle de mes productions qui est la plus raisonnable. Elle est vive, intéressante, gentille, badine, critique, & porte en soi les graces attrayantes de la nouveauté; c'est un puits, un abîme de trésors. Souhaitez avec moi, mon cher Lecteur, que je vive assez pour vous faire souvent de pareils présens, sur-tout ne manquez pas à me louer aussi dignement que je le mérite ; publiez sans cesse mes talens, mes graces & mon heureuſe conception. Ne ſouffrez pas impunément qu'une cabale ignorante & envieuſe me lâche aucun trait mordicant. En Dom Qui-chote nouveau, ſoutenez au carre-four que je ſuis le plus aimable & le plus amuſans des Auteurs. N'oubliez pas à me venir ren-dre compte des bons offices que vous me rendrez. Mon imagina-tion fertile trouvera les moiens d'être reconnoiſſant. Mon cœur eſt une mer de gratitude, il n'y a qu'à s'y plonger pour en ſortir imbibé de reconnoiſſance & de généroſité. Me voir, m'aimer & deſirer de me plaire, eſt en vérité la même choſe ; Dieu le ſçait & tous ceux qui me connoissent ; je suis le plus furieux Cocluchon de Paris , je m'en vante, il n'y a rien à répliquer.

Comme je suis le plus prévenant de tous les hommes & le plus attentif, j'ai travaillé cette cinquiéme Partie de sorte que votre mémoire, mon cher Lecteur , ne souffrira point de l'intervale considérable qu'il y a eu des premieres à celle ci , vous allez vous trouver à l'aise & avaller à longs traits les douceurs que je vous ai préparées : que vous êtes heureux , & que votre sort est digne d'envie !

Je m'étois proposé de faire ici mes remercimens à une belle Dame qui a eu la bonté de me

peindre traits pour traits dans
une Production intitulée : La
Princesse Laponoise, ou sous le
nom de Chevalier Frisquet;elle
m'étale avec tous mes talens dans
une Cour brillante. Mais j'atten-
drai l'effet d'une parole donnée
& du rôle que je dois jouer dans
une seconde Partie du même Ouvrage, qui m'a été annoncée,
où d'un stile brillant & enchan-
teur, on doit répandre avec des
graces sans pair le mérite dont
il a plû à la nature de m'honorer. Je me déciderai après la le-
Cture de cet Ouvrage, afin que
mes remercimens soient propor-
tionnés aux bontez dont on m'ac-
cable, & que je rende justice à

mon tour à celle qui me les a ſi légitimement diſpenſés. L'on ſçait toujours un gré infini à ceux qui veulent bien nous repréſenter tels que nous ſommes. J'ai tant à gagner à être connu, que je ſouffre avec plaiſir, & ſans que mes joues s'en colorent, qu'on diſe de moi tout le bien que je mérite. La ſeule de mes frayeurs eſt qu'on n'en diſe pas autant qu'il y en a. La modeſtie, l'un de mes grands appanages, en dérobe tant, que je ſuis quelquefois honteux de lui laiſſer prendre trop d'empire. J'y perds trop en vérité, & cela ne ſe peut pardonner.

LAMEKIS,

OU

LES VOYAGES

EXTRAORDINAIRES

D'UN EGYPTIEN.

CINQUIE'ME PARTIE.

E fixois attentive-
ment les yeux sur
le spectacle extra-
ordinaire qui m'é-
toit offert, & je tâchois de toutes les puissances de mon esprit de concevoir par quel prodige ces chiens avoient la fa-
culté de parler & d'agir com-

me les hommes , lorfqu'une
fcéne nouvelle & encore plus
furprenante interrompit mes
réflexions , & renouvella mon
attention. O vous, Intelligence,
qui m'avez infpiré dant de fois,
qui préfidez à toutes les actions
de ma vie , que j'ai fenti réel-
lement agir en moi , & qui ne
me quittez jamais , conduifez
vous-même ma plume , dirigez
mon élocution, & rendez avec
le feu qui vous eft fi naturel ,
les merveilles que j'ai à rapporter : fans vous , quel mortel
oferoit détailler tant de faits
admirables ? Ne portent-ils pas
avec eux le caractere divin de
la vérité ? Oui fans doute ; ils
offrent à l'efprit des lumieres
perfuafives & confolantes. Et
vous , ô Philofophes fublimes !
grand Dehehal , célébre *La-*
mekis , qui jouiffez encore au-

jourd'hui de l'exiſtence humaine! après tant de ſiécles, échauffez mon eſprit de vos rayons immortels : c'en eſt fait, je ſuis exaucé, l'étincelle a jailli, je me ſens embraſé : commençons.

Les quatre Barbets qui éclairoient la danſe des Danois avec leurs flambeaux, & qui avoient paru juſques-là ſans mouvement, ſortirent alors tout d'un coup de leurs places, fondirent à la fois ſur le grand Chien noir, & lui mirent le feu dans le poil. Une fumée noire & puante ſuccéda & devint ſi obſcure, qu'elle confondit bientôt les objets, & m'empêcha d'en diſtinguer aucun. Enſuite des hurlemens ſi affreux ſe firent entendre, que malgré cette fermeté dont je me pique, j'en treſſaillis; une ſueur froide

me couvrit le front ; en vain
cette Philofophie, dont je me
fuis toujours armé contre tous
les événemens de ma vie,
voulut-elle me faire rougir de
tant de foibleffe : l'homme fuc-
comba, je me retirai, je fermai
mes fenêtres & mes yeux, & je
fus m'enfoncer dans mon lit,
où il m'arriva des chofes auf-
quelles je ne fonge jamais fans
frémir.

J'étois fi effrayé, que je fai-
fois tous mes efforts pour m'en-
dérober la caufe : en faifant un
mouvement pour me cacher
encore davantage, je fentis
quelque chofe de velu & de
froid couché à côté de moi, les
cheveux me drefferent à la tête, je voulus me jetter à bas de
mon lit, mais un cochemar affreux me retint cloué à ma place ; à peine pouvois - je refpi-

rer : je n'avois plus que l'usage de l'oreille, elle me fit entendre un grand bruit dans ma chambre, comme des gens qui alloient & venoient, & qui tenoient conseil sur quelque affaire importante.

Un instant après je sentis mes yeux qui s'ouvroient malgré moi, j'y portai les deux mains, dans l'appréhension qu'ils ne me trahissent, & qu'ils ne me découvrissent des objets effraians ; mais soins frivoles ! Deux puissans bras s'opposerent à ma juste prévoyance, me serrerent vigoureusement les mains, & me mirent dans l'obligation de me servir du funeste avantage de la vûe. Je fis un cri d'effroi en reconnoissant mon tyran, c'étoit un homme-ver , tel que j'en ai dépeint dans la description que j'ai fais des Peuples de la terre dans *Lamekis*, la partie ver étoit ce que j'avois senti dans mon lit de froid & de gluant, le reste de son corps étoit derriere moi, & me tenoit dans l'attitude contrainte que je viens de rapporter. Un mouvement naturel me porta à m'arracher de ses bras, mais un nazonnement bruiant & horrible sembla me menacer de ma perte si je continuois dans mon impatience : je jettai un soupir de douleur, & je me résignai enfin à tous les événemens dont j'étois à la veille de courir les risques.

Ils ne furent pas aussi facheux que mon effroi les imaginoit; que dis-je, au contraire ils n'offrirent à mes yeux qu'un rapport naturel de mes anciennes conceptions, & qui servirent à me prouver la vérité d'une conjecture intérieure fur notre reminifcence éternelle. De quelle furprife effectivement ne dûs-je pas être frappé en reconnoiffant que ce que j'avois cru jufqu'alors un jeu de l'imagination, devenoit un rapport naïf & réél de faits paffés qui avoient exiftés, & aufquels fans doute j'avois été intéreffé, puifque je les avois détaillés avec tant de précifion & de vérité dans les avantures de *Lamekis*, que j'avois données au Public il y avoit plus de deux ans : ce qui va fuivre, ne tardera pas à le prouver.

J'étois, comme je l'ai dit, dans l'attitude d'un homme qui eft forcé de voir les objets qui fe préfentent à fes yeux, & je déplorois en fecret la tiranie, fous laquelle je gémiffois, lorf-

qu'une femme d'un air majef-
tueux, mais pâle & bourrelée,
s'apparut tout-à-coup à mes
yeux: me connois-tu, perfide,
me dit-elle, & ne tremble-tu
pas à ma vûe ? Que t'avois-je
fait pour me peindre avec des
couleurs auffi criminelles &
auffi noires ? Reconnois en moi
Semiramis, une Reine offenfée
& dont l'ombre toute impuif-
fante que tu la crois, fçaura te
faire repentir d'avoir mis au
jour fes foibleffes, fi tu ne te
prêtes pas à mes defirs. Un feul
moyen t'eft offert pour réparer
les criminelles atteintes que tu
a portées à ma réputation;defa-
bufe la poftérité, les avantures
de *Lamekis* ne font point finies,
acheve-les, rend-moi l'honneur ôté par cet écrit fcélerat,
dédis-toi dans les Parties fuivantes de tout le mal que tu as
dit

dit de moi ; à ce prix je te fais grace , & je contribuerai de tout le crédit que mes crimes m'ont acquis aux enfers pour te fouffler un feu qui appréciera dans la fuite tes productions; venge - moi de la fageffe du Grand Prêtre *Lamekis*, en fuppofant des Mémoires fecrets qui le fuppofent un fcélérat. Dis hardiment qu'il a voulu lui-même me faire fuccomber, & que j'ai fçu lui réfifter. Surtout cache bien à la poftérité le défefpoir affreux qui s'empara de moi, après avoir fait expofer *Lamekis* & fa famille fur la mer, fans mâts, fans voiles & fans vivres; garde-toi bien d'avouer quel fut le genre de ma mort ; donne des couleurs vertueufes à ma fin criminelle: le plus grand de nos fupplices, quand nous ne fommes plus, eft d'entendre déchirer notre réputation. Depuis le tems fatal où ton livre a paru, mes tourmens ont redoublé, les Lecteurs augmentent tous les jours, & par conséquent l'horreur qu'on a contre moi. En accordant ce que je te demande, tu donnes du soulagement à mes maux; cruel Auteur, pourrois-tu me refuser?

En achevant ces mots cette Princesse disparut, & il me sembla qu'une foule de serpens affreux la suivoient, qu'elle jettoit de grands cris, & qu'ils la déchiroient cruellement. Supplice légitime de ses crimes affreux!

Je n'eus pas le tems de faire un plus long examen, un nombre extraordinaire de toutes sortes de personnages s'offrit à mes regards timides. Un

homme dont le visage étoit
bleu, tel que j'en ai dépeint
dans *Lamekis*, mené en lesse par
des Furies, me dit avec une
voix écumante : Acheve d'é-
claircir l'Univers sur ma triste
destinée, & fais servir mon histoire d'exemple aux époux sou-
pçonneux & défians ; ma fureur
m'a fait proscrire tout ce qu'il y
avoit de plus vertueux parmi
les femmes , pour avoir sou-
pçonné la mienne d'avoir man-
qué à la foi conjugale ; crime
affreux de condamner sans entendre, de punir sans preuves !
Malheureux *Houcat* ! à quoi
servoit ton tendre amour pour
la sage *Nasildac* , s'il n'a brulé
que pour la précipiter dans l'a-
bîme, & pour me couvrir de
sang & d'horreur ? Combien de
victimes me suis-je immolé
pour venger un attentat imagi-

naire,à quoi tant de fang répan-
du a-t-il fervi ? qu'à me prouver par mon repentir & mes
remords, que j'étois feul coupable & l'exécration des Rois.
Fatale puiſſance , lorſqu'elle
n'eſt employée qu'à confom-
mer des crimes ! Ecoute, ô
toi choiſi pour écrire tant de
prodiges ! entend par quel
moyen je me ſuis convaincu
de mon injuſtice & de mon
crime, je te dois cet éclaircif-
fement, une autorité fuprême
protectrice de l innocence m'y
force : ce trait que tu ignores,
fervira de réparation à l'honneur d'une épouſe dont je n'é-
tois pas digne , & pour laquelle je fouffre pour jamais.

À peine N ſildae eut - elle
été précipitée dans le puits
d'Huzaïl , que furieux de l'o-
bligation, où je m'étois cru de

perdre une épouse si chérie, je résolus de faire périr le malheureux auteur de la séduction que je supposois. Pour y parvenir, je donnai ordre à mes *Balkagous* (a) de faire arrêter tous les hommes blancs qui se trouveroient dans leurs Etats, & de les envoyer dans la Capitale pour les immoler moi-même à ma vengeance. Non content de cet arrêt, j'établis des gens préposés pour découvrir sous main l'asile que l'humanité donneroit à ceux qui tomberoient dans le cas de la défense, & lorsque mes Sujets étoient convaincus d'une compassion criminelle envers eux, ils subissoient eux-mêmes la mort dont ils avoient voulu préserver les malheureux hommes blancs.

(a) Gouverneurs des Provinces.

Tout mon emploi depuis la perte de *Nafildae*, fe termina à interroger & à faire mourir les Blancs. J'efperois toujours qu'à la fin mes foins me procureroient la douceur de voir tomber entre mes mains le fatal inftrument de mon deshonneur, mais hélis! au bout de plufieurs années de fang & de crimes, je réfolus de chercher dans les bras d'une autre femme le foulagement à mes peines; je m'enfermai avec elle dans l'antre royal, mais vains efforts! L'idée de ma vengeance & de mes foupçons m'accabla de la plus affreufe mélancolie Dans un de ces accès je poignardai la nouvelle Reine que je furpris en me deshonorant. Cette preuve de la perfidie des femmes me les fit prendre en horreur : cependant un fonge

que je fis, me ramena au defir
de me convaincre de l'infidéli-
té de *Nafildaé*, & de me perdre moi-même, fi j'averrois fon
innocence. Je me fervis de
l'infpiration que j'avois eue dans
mon fommeil myfterieux, j'a-
vois affifté aux couches d'une
Blanche, qui avoit mis un Blanc
au monde, quoique fon époux
fût de ma couleur : il me fembla que cette apparition me
prouvoit l'innocence de *Nafil-*
daé : que ce qui étoit arrivé, é-
toit un phénomene de la nature, & qu'il ne décidoit en rien
fur mon deshonneur. Pour
mieux m'affurer fur un point
fi délicat, je réfolus de l'éclaircir par des épreuves affez pofi-
tives, pour ne me laiffer aucun
doute à cette occafion.

Pour cette effet j'envoyai ordre fur mes frontieres à mes

Balkagous, de me trouver des Blanches à quelque prix que ce fût, & de me les envoyer : ce ne fut pas sans peine que je fus obéi à cause de l usage cruel que j'avois fait des hommes de cette espece : quoiqu'il ne me fût point arrivé d'avoir fait périr de femmes de ce genre, on se persuada que ma haine s'étoit accrue, & que je voulois l'étendre sur tout ce qui y avoit rapport. J'avois prévû ces obstacles par des assurances positives du contraire, & par la crainte de faire mourir les Officiers chargés de cette commission, en cas qu'au bout d'un tems limité ils n'eussent pas rempli mes ordres ; j'eus lieu enfin d'être content ; au bout de quelques mois il m'en vint quarante de diverses contrées, & je n'en fus pas plûtôt le maître,

que

que je les mis à l'ufage auquel je les deftinois.

Je les enfermai chacune féparément avec un homme de mon efpece , afin de juger s'il étoit vrai que dans les enfans qui proviendroient de cet af-femblage , il pût s'en trouver qui devinffent blancs. Pour ne point être trompé dans une é-preuve qui m'étoit fi importan-te , je me rendis feul le maître de mon fecret : que dirai-je de plus ? Au bout d'un an vingt de ces femmes accoucherent , & dans ce nombre il fe trouva cinq enfans blancs des deux fe-xes. Je n'en voulus pas fçavoir davantage , je jugeai que j'étois le plus coupable & le plus mal-heureux des hommes.

A peine fus- je convaincu de cette vérité , que le defef-poir s'empara de mon ame; je

voulus mourir ; mais comme
l'efpoir luit toujours dans notre
ame , avant que de me porter
à l'extrémité à laquelle je m'é-
tois entierement réfolu , je voulus tenter tout ce qui pouvoit
la fortifier : pour cet effet je fis
affembler au bout des unes &
des autres toutes les cordes dé-
ftinées à précipiter les malheureux dans l'abîme d'*Huzaïl*, &
après une longueur de plus de
dix mille braffes , je voulus y
defcendre moi - même. Peut-
être, me difois-je , trouverai-je
des veftiges de ce qu'eft deve-
nue mon époufe infortunée ,
en tout cas je périrai du même genre de fupplice , c'eft le
moins que je doive à fes ma-
nes irritées : le projet ne fut pas
plûtôt conçu , qu'il fut mis en
exécution, malgré les oppofi-
tions que je trouvai en mon

premier Miniſtre , auquel j'avois confié mon projet, & que j'avois choiſi pour me deſcendre dans cette bouche de la terre.

La nuit fut marquée pour ce grand projet : avant que d'entrer dans le puits d'*Huzaïl*, je remis un écrit ſcellé de mon grand ſceau à mon premier Miniſtre, par lequel je le déclarois Régent de mon Royaume; il devoit le gouverner juſqu'à ce que je revins moi-même reprendre le ſceptre confié ; dans un pareil cas c'étoit à proprement parler, le déclarer mon ſucceſſeur : je le connoiſſois rempli de tant de probité ; & il m'avoit tant donné de marques de ſa capacité & de ſon attachement, en s'oppoſant ſans ceſſe à tous les crimes auſquels j'étois enclin ; que je ne doutai

pas que mes peuples ne me
sçussent gré d'un choix si équi-
table, & qui sembloit réparer
en quelque façon tout le mal
que je leur avois fait.

Je me mis ensuite dans la machine construite pour cet effet
avec un criminel que j'avois
choisi pour le compagnon de
mon supplice : nous fumes trois
jours & trois nuits à descendre;
le quatriéme la machine dans
laquelle nous étions l'esclave &
moi, me parut immobile & ar-
rêtée : j'étois convenu avec mon
premier Ministre, que s'il arri-
voit par un miracle que je ne
prévoïois pas, de trouver le fond
de l'abîme, je tirerois une ficel-
le qui suivoit paralellement la
grande corde, afin d'exécuter les
ordres que j'avois donnés. En-
viron une heure après avoir fait
ce signal, la machine remonta,
afin de me descendre par le mê-

me canal des vivrès & des ef-
claves qui puffent m'être utiles
dans le projet que je minu-
tois. . . (a).

L'*Houcaïs* en étoit là de fon
hiftoire, lorfqu'il fut enlevé tout
à coup par un homme aîlé qui
s'écria : c'eft affez. Au lieu du
platfond de ma chambre parut
à mes yeux un ciel, par lequel
ils s'éloignerent : je les fuivis
long-tems des yeux.

Après les avoir perdu de vûe,
je rabaiffai les yeux vers les objets qui m'environnoient, mais
une fombre obfcurité avoit
fuccédé à l'éclat du plus beau
jour ; un filence profond regnoit : je fis un mouvement de
furprife, qui m'apprit encore

(a) L'Intelligence de Lautau lui a fait
efperer qu'elle lui dicteroit inceffamment
la fuite de l'Hiftoire de l'*Houcaïs*, dès
qu'elle lui aura fait cette grace, on aura
foin d'en faire part au Public.

que j'étois libre, & que le mon-
stre affreux dont j'étois obsédé,
étoit disparu. Je respirai en ré-
fléchissant à moi - même sur
tant de prodiges ; la solidité de
mon jugement me ramena à
croire que tout ce que j'avois vû,
étoit une pure illusion enfantée
peut être par la chaleur de mon
travail, & je me persuadai si
bien que ces productions chi-
mériques en étoient l'effet, que
je conçus en moi-même le dessein de ne jamais continuer *La-*
mekis. Je deviendrois fol, rai-
sonnois je, je n'en suis pas éloigné, tâchons de conserver le
peu qui nous reste de raison.

Le cours de la nuit se passa ;
soit à réfléchir, ou à prendre un
repos assez interrompu ; à peine
fut il jour, que je me réveillai
en sursaut. Selon ma coutume,
je fus me mettre à moitié en-

dormi à mon travail ordinaire, sans songer aux événemens prodigieux aufquels j'avois été en proye. Mais le mouvement ayant chaſſé de mes paupieres un reſte d'aſſoupiſſement, mes idées ſe nettoyerent & retracerent à mon imagination tout ce qui s'étoit paſſé : à peine le danger eſt-il paſſé que les anciennes terreurs s'évanouiſſent. Le jour me raſſura, & ma fermeté me fit traiter de nouveau d'illuſion les aventures nocturnes. Ah ! j'ai raiſon ſans doute, m'écriai-je, il faut ceſſer un travail ſi abſtrait, mon cerveau s'échauffe & ſe tournera à la fin en délire. Ces mots prononcés, je cherchai avec empreſſement une cinquiéme Partie de *Lamekis* commencée : rentre dans le néant, lui dis-je, en la déchirant en morceaux, je te proſcris à jamais.   C iiij

Mais quel fut mon effroi en prononçant ces mots ! j'entendis un hurlement qui me parut venir de la rue, & du chien qui qui m'avoit occasionné tant d'inquiétudes : pour le coup je ne sçus où j'en étois. Je me rendis à ma fenêtre avec émotion : que vois - je ! une espéce de Chien dont le poil est bleu, & que je reconnus à son bufle de Doguin pour le même animal qui m'avoit suivi. N'eus-je pas lieu d'être étonné de cette métamorphose, & de croire que ce qui s'étoit passé, n'étoit pas aussi chimérique que ma raison vouloit me le persuader? A peine osois je envisager ce Chien ; son regard étoit si vif & si perçant, que le mien ne pouvoit le soutenir. Il me regardoit fixément, remuoit la queue & sembloit ressentir de la joie de ma présence.

Je ne fçavois plus que penfer & que devenir , un batte-
ment de cœur involontaire fe
faifoit reffentir vivement , &
m'auroit à la fin fait perdre entierement les fens, lorfque je me
fentis frapper fur l'épaule. Dans
la crife d'efprit où j'étois , je
crus encore que j'allois être en
but à d'autres prodiges, cet at-
touchement myftérieux n'en
étoit-il pas un préfage ? Je tref-
faillis & donnai toutes les marques d'une frayeur extréme : un
éclat de rire dont je reconnus
le fon , me raffura : c'étoit une
femme aimable qui me faifoit
l'honneur quelquefois de venir
prendre du caffé avec moi.
Je parus honteux de ce qui venoit d'arriver : trop jaloux de
ce qui pouvoit être imputé à ce
mouvement, je la priai de jetter les yeux dans la rue & de

voir ce qui l'occasionnoit. Mais
je ne vois rien, me dit-elle avec
des yeux étonnés. Vous ne
voyez rien, repris-je avec surprise? & cet animal, ce Chien
extraordinaire, dont le poil est
si dissemblable des nôtres, qui
est vis-à-vis de nous, qui remue
la queue, & qui me regarde si
fixément?... Allez, vous êtes
fol, s'écria la Dame, vous voulez vous divertir sans doute, ou
quelque vertige occasionné par
votre travail & par votre imagination vous fascinent les yeux.
Je ne vois rien, vous repétai-je
s'appercevant que je haussois
les épaules, à moins que ce qui
vous étonne si prodigieuse-
ment, ne soit un mâtin noir couché à l'entrée de cette allée.
Quoi! ajoutai-je avec chaleur,
vous trouvez ce Chien noir?
Oui sans doute, reprit-elle avec

des yeux d'étonnement, ou vous
rêvez, ou vous voulez, comme
je vous l'ai déja dit, vous divertir à mes dépens ; mais je ne
vois point le fin de cette plai-
santerie, vous me l'apprendrez
quand il vous plaira.

J'enrageois de cet entête-
ment à ne pas convenir d'une
chose que je voyois & distin-
guois clairement; il faisoit grand
jour, & il ne m'étoit pas possi-
ble de me persuader que je rê-
vasse. J'étois bien & très - dûe-
ment éveillé, la Dame n'en put
disconvenir, mais elle me jura
si sérieusement que quelques
nuages offusquoient ma vûe, &
celui qui nous apporta du caffé,
pris à témoin de la chose, l'assu-
ra si naturellement, que je ne
doutai plus de mon égarement
d'esprit. Ah! sans doute, m'é-
criai-je en moi-même, il s'alie-

ne, le travail a dérouté ma cer-
velle. Eh bien, j'y renonce abfo-
lument, trop heureux s'il éft encore tems ! Voilà quelles fu-
furent mes réflexions, elles ne
durerent pas long-tems.

Ma converfation & mes fa-
çons parurent fi gênées à la Dame préfente, qu'elle me laiffa
en me confeillant avec amitié
de ne jamais recevoir perfonne
quand je ferois dans le travail :
foit qu'il vous rende extraordinaire, ou que vous affectiez ces
humeurs, pour vous délivrer de
ceux qui vous interrompent, me
dit-elle, vous êtes d'un mauffa-
de qu'on ne peut fupporter. Son
éloignement fut la conclufion
de ces peu de mots : malgré
mon attachement pour elle, je
la vis partir avec fatisfaction. Je
n'étois pas dans mon affiette,
lorfque l'efprit eft agité, l'on ne

se plaît point à être distrait. L'a-
me veut de la solitude pour se
retrouver, plus on veut la con-
traindre & la dissiper, plus elle
souffre : Voilà ce que je ressentois.

Dès que je fus seul, je son-
dai ma raison , je jugeai par
quelques raisonnemens dont je
l'eprouvai, qu'elle étoit saine &
entiere ; pour le corps il se portoit bien, & ne devoit pas empêcher ses parties de faire les
fonctions qui leur étoient propres. Cela conclu , je décidai
que l'apparition de l'animal qui
me causoit tant d'inquiétudes,
& qui s'accordoit si parfaitement avec le portrait que j'a-
vois fait dans *Lamekis* de *Falbao*,
le Chien brave & admirable,
étoit dans le vrai , & qu'elle si-
gnifioit quelque chose de très-
relatif à moi-même. Cette réflo-

xion me rappella un endroit de
ma vie, dont je n'ai jamais parlé
à cause de sa singularité : il trouve trop bien ici sa place pour
que j'échappe cette occasion de
le rapporter. Le Public qui a
paru jusqu'ici s'intéresser à ce
qui me touche, ne sera pas fâché que je l'amuse de ce trait,
je ne l'oblige point à y ajouter
foi, le fait est trop extraordinaire pour espérer d'en être cru sur
ma parole.

Je traversois à onze heures du
matin les Thuilleries, l'esprit
libre & dans l'assiette du monde
la plus tranquille, lorsque je
m'entendis tout-à-coup parler
à l'oreille, je tournai avec pré-
cipitation la tête, & ne vis rien.
Je m'arrêtai tout court un peu
saisi, mais je le fus bien davantage en reconnoissant que sans
ouvrir la bouche & proférer au-

eune parole, je répondois dif-
tinctement à la voix inconnue,
& liois converfation avec elle.
Ce dialogue fut long, & j'avois
une fi grande frayeur de le dif-
traire, que je fermois les yeux,
& écoutois comme témoin avec
beaucoup d'attention.

Je fus encore un grand *mife-
rere* dans cet état extraordinaire, il y a même apparence qu'il
auroit duré plus long-tems, fans
la générofité déplacée d'une
bonne femme, qui me trouvant
arrêté au milieu de l'allée les
yeux fermés &fans mouvement,
me prit pour un aveugle qui ne
pouvoit fe retrouver, & m'offrit
humainement de me conduire
où je devois aller, plaignant,
difoit-elle, un fi grand malheur
à mon âge. Quelque fâché que
je fuffe de voir interrompre des
fonctions intellectuelles, auf-

quelles mon ame prenoit un plaifir tout divin, je ne pus m'empêcher de rire de l'imagination de cette Vieille : elle parut étonnée lorſque j'ouvris les yeux, & me dit en continuant ſon chemin : je vous demande pardon, Monſieur, de vous avoir éveillé, je ne pouvois pas prévoir que vous dormiſſiez tout debout.

Le Lecteur ſeroit ſans doute bien aiſe d'apprendre ce que la voix ſecrete me dit, & ſur quel chapitre roula la conférence ; il viendra un tems où je lui donnerai cette ſatisfaction : il ne m'eſt pas permis pour le préſent de m'étendre davantage ſur cet article : revenons.

Je ne doutai pas après m'être rappellé ce trait, que l'aventure du Chien ne tînt du prodige, & qu'elle ne fût réelle ; dans cet eſprit

prit je me réfignai à tout ce qui pourroit en arriver ; je m'habillai & fortis dans l'intention de fuivre l'animal , s'il lui plaifoit de vouloir me conduire, comme il avoit déja fait. Il n'y a que la premiere furprife qui coute dans un homme ferme ; dès qu'il en eft revenu , il ofe tout : c'eft ce qui va fe prouver dans un moment.

A peine fus-je dans la rue, que le Chien que je puis bien appeller *Falbao*, puifqu'il me parut tel que je l'ai dépeint dans les Aventures de *Lamekis* , vint au devant de moi , & donna à fa maniere toutes les marques de joie dont il étoit capable : j'y répondis à la mienne avec fincérité, & dans la prévention où j'étois de fon difcernement, je lui fis figne du doigt de marcher , & que j'étois prêt à le fuivre. Il m'entendit, jappa, à ce qu'il me parut, de joie, tourna le coin de la rue, & je m'abandonnai à sa conduite.

Il me conduisit droit dans les fossés qui séparent Paris du Fauxbourg Saint Antoine. Pour cette fois je résolus de tenter vigoureusement l'aventure. Il s'arrêta à une ouverture que le tems avoit fait à un vieux mur, & y entra ; je fus obligé de me courber pour le suivre ; j'eus toutes les peines du monde à me tirer de cent mauvais pas : tantôt c'étoient des pierres, une autre fois des racines qui s'opposoient à mon passage, & qu'il falloit casser pour aller plus avant. Enfin pendant près d'un quart de lieue de chemin je marchois entre d ux murs qui sembloient n'avoir été bâtis que pour l'écoulement des eaux. *Falbao* tournoit souvent la tête , & sembloit me donner de l'assurance; l'heureux préjugé que j'avois en sa faveur , soutenoit mon courage, & j'allois toujours en avant.

Après bien du chemin & de la fatigue, *Falbao* tourna sur sa gauche ; mais à peine l'eus-je perdu de vûe, que trente Chauve-souris & autant de Hiboux sortirent de ce côté & firent un croassement épouvantable. J'en fus un peu émû, cependant j'étois monté sur le ton de vigueur , & je m'abandonnai à mon sort. *Falba* , qui se remontra, acheva de me remettre. La nouvelle route dans laquelle il me guida , étoit large , aisée & fort claire, le terrain pavé de marbre & plus net qu'il ne sembloit devoir l'être ; il est vrai qu'à l'humidité qui en couvroit la su-

perficie, il n'étoit pas difficile
de se persuader que l'écoulement des eaux contribuoit beaucoup à cette propreté. Je ressen-
tis en moi-même une sorte de
satisfaction de la découverte
que je faisois : l'histoire m'apprenoit qu'autrefois il y avoit
eu des Temples sous terre con-
sacrés par le Paganisme aux Di-
vinitez du sombre manoir. Cette réfléxion me persuada que
j'étois dans quelques-unes de
leurs avenues, & rempli de cette idée, je marchai avec moins
d'agitation que je n'en aurois
dû avoir naturellement. Je l'ai
déja dit, l'esprit comme le corps
s'habitue peu-à-peu à tout, il
n'y a que le premier pas aux
choses difficiles qui coute : l'efprit est souple, & se prête aisé-
ment.

Si j'entrois dans un détail précis de l'aventure que je vais raconter, je rapporterois des choses peu gracieuses : je rencontrai plusieurs tombeaux & des vestiges perpétuels de la barbarie & de l'inhumanité des anciens Prêtres du Paganisme. Ces tableaux sont trop desagréables pour les retracer. Je dirai superficiellement que ces catacombes ne sembloient avoir été construites que pour être le theatre de la tyrannie ; je baisse le rideau, venons à des choses moins terribles & plus consolantes pour moi.

Nous arrivâmes enfin à une grille de fer au travers de laquelle je distinguai une autre avenue dont les murs étoient revêtus de marbres incrustés d'hierogliphes. Au bout de cette avenue se présentoit une porte de marbre cintrée par le haut d'un ordre Corinthien , les battans en étoient ouverts , & livroient le passage à un large vestibule éclairé par cinq globes desquels sortoient une lumiere sombre & blasarde.

Je ne doutai pas que ce ne fût dans cet endroit où *Falbao* eut dessein de me conduire ; il gratta au pied de la grille , & elle s'ouvrit , nous arrivâmes au vestibule, mais au lieu de monter le grand escalier de marbre, il tourna sur la droite & descendit par un autre : il étoit aussi éclairé par deux globes semblables à ceux du vestibule ; & quoique cette lumiere fût sombre , elle en donnoit assez pour discerner facilement les objets.

Plus de cinq cens degrez descendus nous firent arriver enfin à un vestibule revêtu de marbre & rempli de bas reliefs qui fembloient être d'or. Je ne fus pas peu étonné de ce qu'ils repréfentoient ; ils retracerent à mon efprit toutes les Aventures de *Lamekis*, décrites dans les quatre premieres Parties de cet Ouvrage, avec un tel art, que les ayant lûes, on ne pouvoit s'y méprendre. Tous les cartouches fe fuivoient dans l'ordre de l'hiftoire. *Falbao* fembloit par fes regards m'inviter à les parcourir : dans l'intention où j'étois de me prêter entierement à fes defirs, je les confidérai avec attention.

Le premier repréfentoit un facrifice fait fur un vaiffeau au Dieu *Serapis* (*a*) en reconnoiffance de la fin d'une tempête, dont le cours avoit mis le vaiffeau de *Lamekis* plufieurs fois à la veille de périr. L'on voyoit fur

(*a*) Page 13. I. Partie.

le tillac *Lamekis* & *Sinoüis*, qui
feuls de l'équipage ne s'étoient
point livrés au repos , & qui
fembloient s'entretenir avec intérêt. Dans le même bas relief
on diftinguoit la defcente de
Semeramis dans le Temple fou-
terain , & l'on jugeoit à un air
inquiet artiftement exprimé fa
frayeur. (*a*) La marche enfuite
des Prêtres & de la Reine étoit
fort bien marquée , chaque per-
fonnage parfaitement defliné.
Dans le fond du tableau je reconnus la deftruction du foute-
rain (*b*) par le fleuve du Nil ame-
né par les ordres de la Reine ;
Lamekis arrêté & expofé avec
fa famille fur les eaux. La mort
de *Milkea* femme de *Lamekis* , &
celle de fa fille & d'*Haronza* , &

(*a*) Page 37. I. Partie.

(*b*) Page 75. & fuivantes , idem Partie.

la maniere toute extraordinaire dont fa fille fut préfentée.

Dans le bas relief fuivant l'on difcernoit le (*a*) fommeil profond dans lequel *Lamekis* & fa famille fut plongé, & le réveil du fils du grand Prêtre enlevé par des Barbares, fa furprife, la maniere humaine dont il fut reçu & élevé par *Motacoa* fils de l'*Houcaïs* & de *Nafildaé*.

Dans le quatriéme cartouche étoit repréfentée la defcente de *Nafildae* dans le puits d'*Huzaïl*, (*b*) la rencontre qu'elle fait de *Lodaï* profcrit comme elle, l'aventure (*c*) du Ver monftrueux, prêt à dévorer *Motacoa* fon fils, & le fecours imprévû donné par l'admirable *Fal ao*. On voyoit à la gauche dépeint le moment

(*a*) Page 85. I. Partie.
(*b*) Page 111. idem Partie.
(*c*) Page 136. idem Partie.
V. Partie.   E

où *Motacoa* suivi de *Falbao* se retrouve hors de la terre interieu-
re, (*a*) & la rencontre qu'il fait
de *Boldeon* qui l'assure de le remettre sur le trône de son pere.
Sur la droite du bas relief se dé-
couvroit la rencontre affreuse
que fait *Motacoa* des hommes-
vers (*b*) & l'enlevement de *Boldeon*, & le sien par ces Monstres. La maniere affreuse dont
ils le portoient par les cheveux.
La structure extraordinaire de
l'édifice dans lequel ils furent
amenés, & le spectacle singulier & au naturel de cette salle
remplie de femmes-vers, dans
laquelle présidoit la belle *Asca-
lis* (*c*) où *Falbao* reparut aux yeux
de *Motacoa* qui le croyoit perdu
pour jamais.

(*a*) Page 141. I. Partie.
(*b*) Page 162. idem Partie.
(*c*) Page 176. idem Partie.

L'on reconnoissoit distincte-
ment dans le cinquiéme tableau
le vaisseau sur lequel *Lamekis*
voguoit enlevé par la colonne
d'eau dans les Cieux, (*a*) & re-
posé ensuite sur la cime d'un arbre; on distinguoit l'étonnement
peint sur tous les visages ; la chû-
de trois Matelots qui vouloient
amener les voiles n'y étoit pas
oubliée, aussi bien que la suite
de tout l'équipage dans l'intérieur du navire.

Le sixiéme bas relief repré-
sentoit la maniere surprenante
dont le vaisseau de *Lamekis* fit
naufrage (*b*) par l'enlevement de
tous les agrès par les Sylphes.
L'on voyoit dans les airs *Lamekis* & *Sinoüis* transportés par les
monstres aîlés. Le fond du
tableau rappelloit leur chûte

(*a*) Page 177. I. Partie.
(*b*) Page 4. II. Partie.

E ij

(a) dans le Volcan : l'on diftin-guoit aux traits de ce dernier fon agitation dans le préjugé où il étoit de fon exiftence, & le Ciel découvroit le nombre des Sylphes dont il étoit cou-vert.

La furprife de *Lamekis* fe re-connoiffoit parfaitement dans le feptiéme bas relief à l'occa-fion du Sylphe blanc perché fur fon épaule, (*b*) dont la bouche étoit colée fur fon oreille, lui foufflant des avis falutaires. Le contrafte fe voyoit exprimé fur la même ligne dans *Sinoüis* inf-piré par un Efprit noir ; ces deux figures étoient finies & d'un tra-vail exquis.

Dans l'éloignement on dé-couvroit une habitation ; *Sinoüis* fembloit preffer vivement (*c*).

(*a*) Page 11. idem Partie.
(*b*) Page 30. II. Partie.
(*c*) Page 31. idem Partie.

Lamekis d'y entrer ; le premier
réfiftoit à la tentation, & le prenant par la main, l'arrachoit au
péril qui le menaçoit. Le def-
fein n'étoit pas équivoque jufqu'aux mouvemens du vifage,
tout étoit habilement énoncé.

Le huitiéme tableau repréfentoit la maniere dont *Mota-*
coa fut délivrée des quatre (*a*)
Monftres qui environnoient le
trône de la Princeffe *Afcalis*, &
dans le fond du bas relief on diftinguoit le combat de (*b*) *Mota-*
coa & de *Zaraouf*, & la victoire
remportée fur ce dernier par le
brave & fidéle *Falbao*.

A la gauche de la même re-
préfentation fe reconnoiffoit la
défaite entiere des Monftres par
l'afcendant de *Falbao*, & la valeur

(*a*) Page 63. II. Partie.

(*b*) Page 73. idem Partie.

E iij

de *Boldeon*, qui en étoit l'agref-
feur.

L'Hiftoire des trois enfans du
(*a*) Soleil faifoit le fujet du neu-
viéme tableau, & dans le fond
la frayeur de la Princeffe qui la
racontoit, étoit exprimée le
plus naturellement par l'arrivee
imprévûe des Monftres - cra-
pauts (*b*) qui l'interrompoient.
L'on voyoit *Falbao* gratter la terre avec fureur & la confternation générale répandue fur tous
les vifages.

Le dixiéme bas relief rappelloit à l'efprit le combat fatal de
Falbao avec les Monftres - cra-
pauts, (*c*) & fa défaite occafionnée par l'afpect terrible de la
Chouette. L'autre côté du tableau repréfentoit la fureur avec

(*a*) Page 134. idem Partie.
(*b*) Page 145. II. Partie.
(*c*) Page 15. III. Partie.

laquelle *Motacoa* attaqua les
Monſtres pour délivrer ſon
chien fidéle de leurs coups trop
puiſſans. L'on diſtinguoit la
frayeur de ces Monſtres, leur
fuite & les careſſes que faiſoit
Motacoa à *Fatbao* pour le faire revenir de ſa létargie. Dans l'éloignement du tableau ſe paſſoit
le ſecond combat; l'on y voioit
le vainqueur mépriſer ce nouvel aſſaut, (*a*) jetter l'étendart
myſterieux de la Chouette, &
faire fuir une ſeconde fois ſes
ennemis.

Les aventures de la Princeſſe *Aſcalis* occupoient tout le on-
ziéme tableau ; on la voyoit
guidée par le premier Miniſtre
(*b*), qui portoit un flambeau à la
main, afin de ſatisfaire au deſir
qui la preſſoit de jouir de la vûe

(*a*) Page 19. III. Partie.
(*b*) Page 53. idem Partie.

de *Lindiagar* fon pere , qui lui étoit défendue , felon les loix. Jamais on n'avoit mieux peint une fatisfaction intérieure , que celle qui étoit exprimée fur le vifage de la Princeffe des Amphitéocles dans un moment fi defiré ; & on lifoit fur le vifage du Roi la joie qu'il reffentoit à fon tour en parcourant les traits de fa fille : ce morceau de fculpture étoit achevé.

A la gauche de ce relief étoit dépeint le moment où *Lindiagar* parut tout-à-coup (a) au milieu du Confeil des fept ; l'on diftinguoit d'un côté la majefté avec laquelle il haranguoit , & de l'autre la confternation des Confeillers.

A la droite fe voyoit la marche du Roi au Temple de *Fulghane* , fon entrée dans le San-

(a) Page 79. III. Partie.

ctuaire, & le respect occasionné par sa Pabouche Royale.

Dans l'éloignement se distinguoit le Sanctuaire, la grande
Tribune où *Lindiagar* étoit dans
sa gloire, & la consternation de
de la grande Prêtresse humiliée
au pied du Simulacre : on lisoit
son dépit (*a*) sur son visage res-
pectable, & le tout étoit si bien
exprimé, qu'on ne pouvoit man-
quer de se rappeller le trait
d'histoire qui y avoit donné
lieu.

La surprise de *Sinoüis* (*b*) lorsque la lumiere succéde à l'obs-
curité. L'apparition des tables
& des convives, la fausse joie
de *Lamekis*, en croyant retrouver *Clemelis* son épouse, sa fuite
en reconnoissant le danger que
couroit sa vertu, faisoit le sujet

(*a*) Page 129. idem Partie.
(*b*) Page 133. III. Partie.

du douziéme & dernier bas relief.

Après l'examen de ce dernier
bas relief, *Falbao* baissa la tête &
s'avança dans le fond du sallon;
je le suivis: il poussa une porte qui
faisoit face à celle par laquelle
nous étions entrés ; jamais rien
de si curieux ne s'est offert à ma
vûe. C'étoit une grande gallerie lambrissée de glaces, mais
dont la proprieté étoit aussi
admirable qu'elle étoit extraordinaire. Au lieu de me rendre mes traits, elles me repré-
sentoient tout ce que j'avois
pensé & tout ce que j'avois vû
dans ma vie. Je fus effrayé de
leurs multitudes, & je reculai
deux pas ; mais un éclat lumi-
neux qui me frappa tout-à-coup,
dissipa ma surprise, & me fit
porter les yeux au fond de la
gallerie. Un trône aussi brillant

que le Soleil la terminoit, il ne
me fut pas poſſible à cauſe de
ſon éclat, de diſcerner la matie-
re précieuſe dont il étoit com-
poſé ; ce qui me ſurprit, c'eſt
qu'il étoit environné d'un nombre d'animaux de toutes les eſ-
peces, & ils paroiſſoient tous
enſevelis dans un profond repos.

Je commençois à être ému
de tous ces prodiges, lorſque
Falbao ſe mit tout-à-coup à jap-
per. A peine la gallerie eut elle
retenti de ſon abo¹, que l'obſ-
curité ſuccéda à la lumiere avec
un bruit ſi épouvantable, que
mes ſens ſe glacerent entierement ; je tombai à la renverſe,
& je perdis le ſentiment.

Un rêve extraordinaire, que
je n'ai jamais oublié, agita mes
eſprits : il me ſembla que mon
ame dégagée des liens du corps,

voloit dans les efpaces immen-
fes des Cieux , & qu'elle fe re-
paiffoit avec une avide curiofi-
té des connoiffances après lef-
quelles elle avoit tant foupiré
avant fa liberté : état admirable
& charmant! pourquoi vous ê-
tes-vous diffipé ? Heureufe lé-
thar ie que ne duriez-vous éter-
neilement!..Je vis... un tour-
billon.... Mais ô Puiffance fe-
crere qui agiffez en moi , vos
ordres font fuprêmes , pardon-
nez , je me tais. (*a*)　J'en dirois

(*a*) Dans l'inftant que l'Auteur écrivoit
ce paffage, & qu'il alloit tracer ce rêve
myftérieux , fa main s'appefantit tout-à-
coup & ne put remuer fa plume. Dans
l'idée que le défaut de circulation étoit la
caufe de cet arrêt paralitique , il prit de la
main gauche fa plume, & voulut continuer à écrire; mais par un prodige inouï,
elle refufa comme l'autre fon miniftere.
N'ayant pû douter par cet empêchement
qu'une Puiffance fecrete n'agit , il a cru
devoir fe foumett e à l'ordre intérieur. En
effet fa foumiffion a été reçonnue fur le

trop, ou je n'en dirois pas affez.

Frappé de tous les myfteres que mon ame venoit de concevoir, elle fe dilata avec tant de vigueur, qu'elle rendit à mes fens la chaleur qui les avoient anéantis : je repris la connoiffance, en foupirant de la rigueur qui me rappelloit à la vie. A peine eus - je ouvert les yeux, qu'ils fe porterent vers le trône. Quelle fut ma furprife ! *Falbao* y étoit placé, tous les animaux dont j'ai parlé, avoient l'ufage de la parole, ils fembloient s'entretenir & réfoudre d'affaires importantes. Leur langage m'étoit inconnu ; mais par leurs artitudes & leurs geftes je ne pouvois douter que les fons qu'ils articuloient, ne fignifiaffent une

champ ; à peine eut-il formé la réfolution de taire ce paffage, que l'ufage de fes mains lui a été rendu.

relation d'idées qu'ils fe communiquoient.

J'étois dans l'admiration de ces chofes, lorfqu'un cri général humain me fit treffaillir & redoubler mon attention : Approche & vois, s'écria une voix qu'il me fembla reconnoître. J'approchai , le croira-t-on ? *Falbao* , ce chien extraordinaire, changea tout-à-coup de forme, fa tête de Doguin perdit peu-à-peu tout ce qu'elle avoit de la bête , & prit celle d'un homme. Le refte fe métamorphofa infenfiblement , & bien-tôt enfin je le reconnus pour cet Arménien avec lequel j'avois voyagé , & dont j'ai parlé dans la Préface de cet ouvrage Tous les animaux reprirent en même tems une figure humaine , & à l'habit dont ils étoient couverts, je les jugeai de diverfes nations.

Dans la surprise extrême où
cet événement merveilleux m'a-
voit jetté, j'avois ouvert la bouche comme pour m'écrier, lorfque l'Armenien, le doigt fur la
bouche, m'impofa filence. Ecoute, me dit-il, garde-toi de m'interrompre, tu ferois perdu : l'inftant préfent peut te rendre égal
à tous ces hommes fages dont
tu dois foupçonner fa felicité
par tout ce que tu viens de voir,
il ne tiendra qu'à toi d'y arriver
comme eux, écoute, prête-moi
une nouvelle attention.

Je fuis le Philofophe *Deha-*
bal, dont tu as fait mention dans
ton hiftoire de *Lamekis*; tu t'es
perfuadé que tu imaginois en
l'écrivant, tu n'as fait que te
rappeller des faits qui ont exif-
té & qui exiftent encore. Le
grand *Scealgalis* a permis que je
m'apparuffe à toi dans le voya-

ge dont tu te fouviens, pour dé-
brouiller ton entendement té-
nébreux , afin que tu appriffes
aux hommes quel eft le fouverain bien. C'eft moi qui jufqu'i-
ci t'ai infpiré , & auquel tu as
donné mentalement le nom
d'Intelligence fecrete : profite
de mes leçons, le tems eft arrivé où mon efprit va fe retirer de
toi, il ne peut plus refter dans
ton ame qu'un fillon de ma retraite. Plaife à la fuprême Puiffance qu'il fuffife pour te conduire au bien que je te fouhaite,
& dont tu te rendrois à la fin
digne, fi tu ne tenois pas tant
à l'ufage de tes malheureux fens.

C'eft moi , ô *de Mouhy* , qui
mû du faint defir d'être tranfporté dans l'Ifle divine des Sylphides imaginaires de remplir
des veffies de rofée (*a*) pour que

(*a*) Page 45. IV. Partie.

la chaleur du Soleil m'enlevât de cette terre. Tu as décrit par mon inspiration de quelle maniere affreuse je fus dévoré par la grande Abeille, (a) & par quel miracle digeré que j'étois, je repris la structure naturelle & la vie. (b) Tu n'as pas oublié que je dûs ma conservation au Sylphe protecteur qui m'enleva au moment où la grande Abeille alloit me dévorer une seconde fois, & que je sçus courageusement me prêter au tourment affreux de l'initiation en me laissant écorcher tout vif, & imprimer les caracteres sacrés de *Scealgalis.* J'aurois à te reprocher de n'avoir pas mis au jour le reste de mon histoire telle que je te l'avois inspiré, si je ne sçavois

(a) Page 71. idem Partie.

(b) Page 75. idem Partie.
V. Partie. F

pas les obſtacles qui (a) l'en ont
empêché. Je pourrois ſuppléer
à ces lacunes en te dictant moi-
même ce qui t'a été enlevé, j'y
étois même diſpoſé ; mais le
conſeil que je viens de tenir à
cette occaſion avec ceux qui
m'environnent, m'a fait enviſa-
ger que ces matieres étoient
trop élevées & trop abſtraites,
pour en honorer des hommes
terreſtres & trop peu délicats ;
j'ai bien voulu m'apparoître à
toi pour t'expliquer moi-même
mes intentions : le ſoin que tu

(a) L'Hiſtoire de *Debahal* avoit été entierement écrite, & l'on oſe dire qu'elle
étoit d'un intérêt auſſi extraordinaire qu'on
puiſſe en imaginer ; mais le Cenſeur rigi-
de s'étant perſuadé, parce qu'il ne l'enten-
doit pas plus que l'Auteur, qu'elle pouvoit donner lieu à des explications ſé-
rieuſes, en a raturé plus de trente pages.
Malheureuſement pour le Public le Manuſcrit ayant été dicté ſans brouillon, &
donné tel à l'approbation, il n'eſt point
reſté de minute, & c'eſt par cette raiſon

as marqué jufqu'ici pour infpi-
rer aux mortels la vertu & la
connoiffance du fouverain bien,
m'a intéreffé pour ton bonheur,
il eft entre tes mains ; choifi, tu
peux parvenir dans les fuites à
être initié au nombre des heureux ; tu fçais par quel chemin
je fuis arrivé à ce fouverain bien,
un feul defir va te faire enlever:
parle, on eft prêt à t'écorcher
tout vif, à imprimer avec le fti-
let brûlant le facré privilege d'i-
nitiation fur ton cœur, la grande
Abeille obéira, tu feras dévoré :
voilà les faveurs dont je fuis le
maître, tu n'as qu'à confentir,
c'en eft fait.

Dehibal fe tut dans cet endroit & attendit ma réponfe :
tous ceux qui environnoient fon
trône, avoient les yeux fur moi

que la fuite de cet Ouvrage avoit été in-
terrompü.

F ij

& fe préparoient à m'applaudir
dans l'idée où ils étoient que
j'allois avec empreffement répondre à tant de bonté. Mais
que j'étois éloigné de ce fentiment! J'avois treffailli de fraïeur
à la fimple propofition : com-
ment en aurois-je pû foutenir la
pratique? Je répondis avec un
refpect courageux que je n'étois
pas affez fortuné pour jouir des
biens achetés par des endroits fi
cruels. A peine eus-je achevé
ces mots, que *Dehahal*, fa Cour,
fon trône & la falle difparurent,
je me trouvai dans mon lit agité
& couvert d'une fueur froide,
avec un rouleau de papier à la
main : je fus affez long-tems à
me remettre; cependant ne me
trouvant aucun autre mal que
l'agitation , j'en revins peu-à-
peu; je remerciai le Ciel du préfent qu'il me faifoit par des voïes

fi extraordinaires : je ne doutai
pas que le rouleau ne fût la fuite des Aventures de *Lamekis*, je
l'ouvris ; mais quelle fut ma furprife, il étoit écrit dans des caracteres inconnus : je jugeai cependant à la ponctuation & à
l'arrangement des périodes que
l'idiome étoit Caldéen. Je me
confolai dans l'efpérance de
trouver un traducteur. Je fus
trouver un fçavant dans les Langues Orientales, je lui préfen-
tai mon manufcrit, il l'examina :
ces caracteres, me dit-il, me
font inconnus, & ne reffem-
blent à aucun de ceux dont les
hommes font ufage. Je m'en re-
tournai fort trifte, avec l'opinion
que je ne réuffirois jamais dans
mon entreprife.

Plus de fix mois s'étoient paffés fans que j'y fongeaffe davantage, lorfqu'un matin tra-

vaillant à un ouvrage de piété ;
(a) j'entendis du bruit dans mon
bureau, affez femblable à celui
d'une fouris occupée à ronger
ou à fe faire un paffage pour fortir de prifon. Je tirai mes tiroirs
avec un gant à la main dans l'intention de l'attraper fi je le pouvois : ma recherche fut vaine,
le même bruit continuoit, & je
ne voyois pas ce qui l'occafion-
noit.

Je ceffai ma recherche, &
prêtai l'oreille avec attention. Il
me fembla que mes papiers
étoient remués, je revifitai une
feconde fois, je tirai tous mes
tiroirs jufqu'au dernier, tout y
étoit dans une paix profonde, je
m'en étonnai ; enfin je vins au
dernier, à peine fut-il ouvert,
que je reculai de deux pas, un

<hr />

(a) Les Motifs de converfion à l'ufage
des gens du monde.

des manufcrits qui y étoient en-
fermés, s'ouvroit & fe refermoit
avec la même agitation qu'une
éventail entre les mains d'une
coquette agaçante. Le frotte-
ment étoit perpétuel de la droite à la gauche ; que penfer d'un
pareil prodige ? Je fus deux heures comme un terme, fans pouvoir & fans ofer, je l'avoue,
changer de fituation.

J'eus beau piquer d'honneur
mon courage & ma fermeté,
pour m'engager à mettre la main
fur ce manufcrit remuant ; mes
mains fe refuferent à cette ac-
tion généreufe, mes yeux feuls
fixoient ce miracle, il changea
bien-tôt. Ce cahier fortit tout-à-
coup du tiroir, fe pofa à la gauche de mon bureau, & demeu-
ra dans un état tranquille. Raffu-
ré par ce chang ment, j'avançoie
pour reconnoitre lequel de mes

Ouvrages jouoit un rôle ſi ſin-gulier & ſi extraordinainre, lorſ-qu'un ſecond prodige me fit dreſſer les cheveux de la tête. Une de mes plumes s'éleva de dedans mon écritoire, comme une éguille enlevée par l'aiman, plongea ſon bec dans l encrier, & puis ſe mit à écrire naturelle-ment ſur du papier préparé à continuer l'Ouvrage après le-quel j'étois ; i' me ſembla aux mouvemens de cette plume qu'-elle traçoit des caraΦteres Fran-çois, je devin i même quelques mots à ſes mouvemens ; il me parut auſſi que l'écriture reſſem-bloit à la mienne, & je ne me trompois pas.

J'étois ſi émerveillé de toutes ces choſes, qu'à peine en pou-vois-je reſpirer ; cependant la plume ceſſa tout à-coup d'écri-re, & paſſa du côté du manuſcrit ouvert,

ouvert, elle ratura la page éta-
lée, & à peine eut-elle pris ce
foin, que le feuillet fe tourna de
lui-même & préfenta le revers:
pour le coup, m'écria-je, ou le
diable s'en mêle, ou je veille:
(je ne fus pas le maître de cette
exclamation,) *ni l'une ni l'autre
de ces chofes*, me répondit une
voix qui me parut fortir de mon
bureau, *ne t'effraye de rien, re-
mets-toi à ta place, vois & écris.*

Si tout ce que je viens de rapporter, m'avoit rempli de confternation & de frayeur, qu'on
imagine l'état où je me trouvai
lorfque j'entendis cette voix fans
pouvoir comprendre de quelle
part elle venoit. Je regardai mon
bureau avec effroi, la plume
écrivoit encore, & continua de
le faire pendant plus de trois
heures : on s'accoutume peu-à-
peu à tout, je me trouvai plus
tranquile au bout de ce tems,

V. Partie.   G

& j'attendis avec affez de patience quelle feroit la fin d'une aventure auffi extraordinaire.

Je commençois cependant à me laffer de l'attitude, où j'étois, lorfque la voix dont j'ai parlé, s'écria : *C'eft affez, à demain.* La plume s'arrêta dans l'inftant, fut gravement s'effuïer à l'éponge, & fe recoucha dans l'écritoire. Le manufcrit dont j'ai parlé, gliffa fur mon bureau & redefcendit de lui-même dans le tiroir dont il étoit forti : après quoi le tiroir fe referma de lui-même, & la ferrure fit le même bruit qui lui eft propre lorfqu'on la referme.

Le feul cahier fur lequel la plume admirable avoit écrit, refta fur mon porte-feuille, & ne parut agité d'aucun mouvement. J'ofai m'en approcher : qu'on juge de ma furprife, après avoir lû un titre écrit en groffes

lettres semblables à celui de
Lamekis, au changement près
de ces mots *cinquiéme Partie*. Je
m'assis & je lûs ; c'étoit effectivement la suite de cet Ouvrage, il étoit écrit de mon même caractere, & si je n'avois été
bien éveillé lorsque je l'avois
vû tracer, je n'aurois pas pû ne
pas me persuader que je ne
l'eusse écrit moi-même. J'y trouvai vintgt pages d'écriture, mon
stile étoit absolument sembla-
ble, & à l'exception des idées
que je ne me rappellois point,
tout se rapportoit exactement
avec les Parties précédentes.
Mon imagination échauffée par
tant de choses extraordinaires
me porta avec fermeté à ouvrir
mon tiroir & à m'éclaircir autant que je le pourrois d'un prodige dont je ne pouvois revenir.

A peine eus-je pris cette mâ-

le réfolution, que je l'exécutai.
J'ouvris mon bureau, le manufcrit qui s'y étoit remis, comme
je l'ai rapporté, me parut le
même dont l'idiome étoit
point connu, & qui m'avoit été
laiffé lors de l'apparition de *De-
huhal.* J'ofai mettre la main deffus pour le prendre, il fit un
bond, s'échappa, fe roula &
s'enfonça dans le fond de mon
bureau : *arrête*, s'écria la même
voix qui m'avoit déja parlé, *il
n'eſt pas tems encore* : je reculai
deux pas, & je m'enfuis de mon
cabinet avec une bonne réfolution de n'y pas remettre les
pieds de fi-tôt.

Huit jours fe pafferent fans
que je puffe prendre fur moi d'y
retourner ; cependant une né-
ceffité abfolue m'y ayant con-
traint, j'y rentrai à huit heures
du matin. Mais, ô prodige fans
pareil ! une jeune perfonne,

dont les traits étoient charmans
& divins, paroiffoit affife dans
mon fauteuil, & écrivoit ; toute autre apparition m'auroit é-
loigné pour jamais de ce cabinet. Ne devois-je pas le regar-
der comme enchanté? Mais la
beauté a cela de propre, elle at-
tire au lieu d'éloigner : mon
premier mouvement avoit été
de fuir , le fecond me retint.
Dois-je craindre une fi belle
femme, me difois-je ? fi l'Intelligence qui m'accompagne fans
ceffe, reffemble à cette divine
perfonne, ou que ce foit elle-
même, comme j'ai lieu de le
préfumer, qu'ai je à redouter ?
Perfuadé par ce raifonnement,
je l'envifageai avec plus de té-
mérité.

Elle étoit blonde , avoit le
teint d'un blanc à éblouir & des
traits faits pour charmer ; fes
cheveux lui tomboient en bou-

cles sur ses épaules, sa robe étoit
blanche , & me parut d'une
moire blanche ondée de bleu
mourant ou nué , une écharpe
d'une mousseline extrémement
fine déroboit une partie de sa
gorge, ses bras étoient presque
nuds d'une forme parfaite. Les
manches de sa robe descen-
doient jusqu'au coude,&étoient
rattachées d'une mousseline de
soye bleue-céleste, qui donnoit
un éclat infini à sa parure. Je ne
pus voir ses yeux, elle les avoit
baissés, & paroissoit travailler
avec beaucoup d'attention.

J'aurois bien desiré qu'elle
les levât, je me sentois une agitation extréme : quoi , me di-
sois-je en secret , j'ai été capable de fuir un séjour qui renfer-
me des charmes si touchans ?
Se peut-il que ma frayeur &
mon peu de courage m'ayent
aveuglé au point de perdre des
momens si précieux ?

J'achevois à peine cette réflexion, que l'adorable perfonne qui occupoit mon bureau,
leva les yeux & m'envifagea
avec un fouris qui pénetra jufqu'au fond de mon ame : quels
traits, grands Dieu! quel beauté! Mes fens pétillerent, j'ac-
courus vers elle, rien n'étoit capable de me retenir, j'allois me
jetter à fes genoux, j'ouvrois la
bouche pour étaler tout ce que
mon cœur reffentoit, lorfque
la Beauté divine qui me char-
moit, baiffa la tête, la mit dans
un des tiroirs de mon bureau,
& y entra avec autant de facili-
té qu'un renard dans fon terrier.
Pour le coup je fus à bout : je
reftai les bras étendus, la bouche ouverte, j'avois les yeux
collés fur le bureau fans que je
je fuffe en état de revenir d'une
furprife occafionnée fi légitimement. Qui n'en auroit pas

fait autant à ma place?

Un juste dépit me tira enfin de cette stupidité : ah! c'en est trop, m'écriai-je, qui que vous soyez, Intelligence, femme invisible, ou diable, cessez de vous jouer de moi, qu'avons-nous à démêler ensemble? Un éclat de rire sortit de mon bureau, me fit connoître qu'on vouloit bien plus se réjouir de moi, que me faire du mal : soit m'écriai-je, en prenant sur moi pour ne point faire paroître de frayeur, rions; si j'avois les mêmes prérogatives, j'en userois peut être avec plus d'excès, *travaille, travaille*, s'écria la voix, *le tems perdu ne se recouvre pas*. Travaillons donc, répondis-je avec le même dépit en m'approchant de mon bureau, il ne s'agit que de sçavoir si je suis en état d'obéir. Un nouvel éclat de rire répondit à ce discours, j'y

étois fait, & je ne m'en émûs
plus.

Enfin, pour terminer une
aventure qui n'a jamais eu de
pareille, je pris une plume, &
me mis en devoir d'écrire. A
peine fus-je prêt à le faire, que
le cahier qui étoit devant moi,
s'agita, je voulus me lever : ne
crains rien, me dit la voix, lis
ce qui est écrit, & acheve, IE f-
prit fera le reste.

Je me prêtai à tout ce qu'on
voulut, je pris le manuscrit, &
je lus. A peine fus-je à la derniere ligne, qu'un enthousiasme
soudain s'empara de mon imagination, j'écrivis avec une ra-
pidité surprenante, & je ne ces-
sai qu'au bout d'un mois & un
jour. Au bout de ce tems j'eus
faim, je quittai le travail, & fus
satisfaire aux besoins naturels.
Je mangeai & bus sans m'arrêter l'espace de trente & une heu-

re : après ce tems je m'endormis, mon sommeil dura trois jours & trois nuits, le quatriéme je me réveillai, tout ce qui m'étoit arrivé jusques-là, me parut un songe, & je l'ai toujours cru depuis.

Ce qui est de positif, c'est qu'en retournant dans mon cabinet je trouvai les Aventures de *Lamekis* achevées. Le Public croira ce qu'il lui plaira de ces prodiges, il me seroit trop difficile d'entreprendre de le persuader. Quoi qu'il en soit, voici la suite des Aventures de *Lamekis* qu'il a paru desirer. Heureux si la fin de cet Ouvrage l'engage à me continuer sa bienveillance, mon but est de lui plaire : si les bonnes intentions méritent son indulgence, il n'y a point d'Auteur à Paris qui en soit plus digne que moi.

LAMEKIS,

ov

LES VOYAGES

EXTRAORDINAIRES

D'UN EGYPTIEN.

CINQUIE'ME PARTIE.

LE Philofophe *Dehahal* s'arrêta tout court alors, leva
les yeux au Ciel , fe préfenta
enfuite & après s'être relevé ,
m'ordonna d'imiter ce qu'il venoit de faire. Son ordre exécuté:
baiffe les yeux , me dit-il , &
écoute avec toute l'attention
dont tu es capable; la vérité

même va parler par ma bouche;
ce qui te reste de tes pré ugés, va
s'évanouir, ton ame allarmée
jusqu'ici de sa destination verra
terminer ses doutes & entrera
dans la quiétude : ô *Lamekis* que
de merveilles ! Pourras-tu les
entendre sans en mourir de plai-
sir ? Adore le Tout-puissant;
qu'il soit à jamais loué.

O *N c-ha-dor*, Etre des Etres,
moteur de l'Univers, ne per-
mets pas que je profane par au-
cunes absences ton Histoire sa-
crée ! & vous ô divin *Scealqalis*,
inspirez-moi.... Les Cieux
s'ouvrent, les rayons sacrés
dardent & m'échauffent, je
commence. (a)...........

. . . .

(a) C'est ici l'article qui avoit été re-
tranché par le Censeur Royal. Il conte-
noit un systéme sur la Divinité & des sentimens sur l'autre vie, propres à tous les
honnêtes gens. Quoique l'Auteur ait im-

Après que *Dehahal* eut achevé cette admirable Histoire, il
reprit la sienne. Juge, ó *Lame-*
kis, continua-t-il, si mon ame
fut enchantée de tant de prodiges & de véritez ; il me semb-
bloit être déja initié à l'Etre uni-
versel dont on venoit de me
tracer un portrait si parfait : qui
l'avoit pû faire que lui même ?
Ce n'étoit pas un Dieu peint
par de chetifs mortels, qui l'an-
noncent revêtu de toutes leurs
passions, qui en font un maître
vengeur, jaloux, cruel & se dé-
lectant à perdre éternellement
ceux qu'il a créés ; à ce portrait
divin je reconnoissois un Etre

primé cet Ouvrage en Hollande, & qu'il
fût libre par-là de mettre au jour ce passage, il l'a supprimé dans l'idée dont il est
prévenu, qu'un honnéte homme doit s'as-
sujettir aux loix de sa patrie, & ne jamais,
sous quelque prétexte que ce soit, s'en af-
franchir.

suprême, dont le bonheur éternel n'a befoin que de lui-même
pour le rendre folide & dura-
ble. Le monde créé par fa tou-
te-puiffance & fa bonté fans pair,
n'avoit pour but que la gran-
deur & la générofité. Du néant
tirer des chofes animées pour
les rendre heureufes fans leur
faire acheter leur félicité, me
paroiffoit le véritable appanage
de la Divinité : ces loix admirables dictées par le même efprit tendantes à en récompen-
fer les obfervations par des degrez de récompenfes propres à
ceux de la perfection, fembloient avoir été données moins
pour faire des malheureux, que
pour élever les cœurs par la reconnoiffance à leur divin Le-
giflateur ; la privation de ces
biens promis, l'aviliffement
des infracteurs obligés de re-

prendre une nouvelle vie fur la
terre & de recommencer leur
carriere, le feul fupplice annon-
cé à ceux qui ne s'étoient pas
rendus dignes des graces offer-
ter à leur vertu, dénotoit une
fageffe & une bonté propre au
feul *Noc-ha-dor*. En effet rien de
plus grand que cette conduite,
un mortel a payé le tribut à la
nature fans avoir pû mériter le
bien accordé à la pratique des
vertus. *Noc-ha-dor* l'a créé pour
le rendre heureux & foible mortel par une conduite oppofée à
l'efprit de fon Créateur, s'en eft
rendu indigne, il reprend un autre corps, il rentre dans la lice,
l'expérience gravée dans fon
ame lui apprend qu'il eft privé
d'un bien qui lui étoit propre
par fa faute: il eft prévenu qu'il
peut encore y parvenir en tenant
une conduite oppofée à celle

qu'il a tenue autrefois, en ado-
rant une bonté supréme ; en la
glorifiant ; il convient qu'il ne
s'en est pas rendu digne, & par
cet acte d humilité dont la fource est enfantée par la justice
dans son cœur , il mérite que
Noc ha-dor répande une grace
assez suffisante pour lui accor-
der les forces qui lui manquent
pour arriver enfin à l'état heureux qui lui avoit été destiné de
tous tems. As-tu bien senti , ô
trop heureux *Lameki* ! continua
le grand *Dehahal* avec un nouvel enthousiasme, ce grand passage qui annonce à l'homme
qu'il n'est point créé pour être
éternellement perdu, & que le
mot d'*eternel* & de *jamais* exprimé dans nos langues, n'est qu'un
instant devant le grand *Noc Ha-*
dor, & par la même raison de
cette expression d'instant est-elle
durée

durée immense pour le mortel
fini ? Conçois-tu toute la maje-
sté de ce passage & le blasphême affreux de ceux qui ont bor-
né la toute-puissance en lui sup-
posant des passions de vengeance, d'inclémence & de fureur
contre ces créatures paîtries de
ton auguste main, & échauffées
par son souffle éternel ? *Noc-ha-
dor* s'est expliqué lui - même :
qu'il est grand, qu'il est bon, ô
Lamekis! sans vûes de récompen-
ses ou de supplices ; la maniere
dont on nous expose ici sa gran-
deur ne suffit - elle pas pour
le rendre digne de nos adora-
tions?

Je fus pénetré de ce que je
venois d'entendre , continua
Dehahal, je ne m'apperçus que
quelque tems après du renou-
vellement de mon hémorragie.
A peine le triple rouleau sur le-

quel étoit écrite cette Histoire
divine, avoit été replacé dans
le Sanctuaire qu'elle m'avoit
repris. L'un des Sylphes qui
me tenoit suspendu par les pieds
laissa à son confrere le soin de
son office, & m'ouvrant la bouche avec force, enfonça sa main
dans mon palais, saisit ma langue, l'empoigna & me prome-
na de cette maniere en triom-
phe par toute l'Isle, où tous les
peuples attendoient que je pa-
russes pour me féliciter de la
gloire dont je venois d'être
couvert. L'acclamation univer-
selle, & les louanges qui me furent données, calmerent la
douleur amere que je ressentois:
mais elle acheva de s'évanouir à
l'honneur singulier que je re-
çus. Le *Loug-hau-kou* planta un
pieu dans la terre de sa divine
main, au bout duquel étoit un

croc de fer après lequel il m'accrocha lui-même par la langue; c'étoit la derniere cérémonie ; tous les Sylphes de l'Ifle vinrent quatre à quatre me complimenter comme aggregé.

Chacun m'honoroit d'une diftinction décrite dans le cérémonial. Le premier qui étoit le plus âgé, s'avança à reculon jufqu'à ce qu'il fut près de moi; enfuite il m'arracha un poil de ma barbe, me donna un foufflet, & s'en retourna en s'écriant : *Ab-kal-bra* . (a)

Le fecond armé d'une verge de fer, m'en frappa fur la tête, en prononçant les mêmes mots. Le troifiéme me fouffla dans l'oreille & me releva le nez, mit les deux doigts dans les narines, & m'obligea d'éternuer

(a) C'eft-à-dire, foit à jamais heureux.

H ij

avec des efforts. Pour le quatriéme, moins privilegié, n'eut
que l honneur de me cracher
dans la bouche , & cela avec
toute l'abondance dont il fut
capable.

Après que tous les Sylphes
& la *Peu-plau-kai ki* eurent satis-
fait de cette maniere à l'hom-
mage qu'ils me devoient , le
Loug-hou-kou empoigna le pieu ,
quatre Sylphes me faifirent en
même tems à travers le corps ,
& le Secretaire d'Etat m arracha la langue avec force , je ne
fentis aucune douleur à cette
derniere diftinction ; une langue trois fois plus groffe , & qui
rempliffoit exactement mon palais , revint dans l'inftant & reprit la place de celle qu'on em-
portoit avec beaucoup de cérémonie , portée au bout d'un
bâton : je fus oblige de la fui-

vre comme les autres , & dès
qu'elle eut été placée dans le
Temple, tout cessa, & je me
trouvai dans l'état où tu me vois
aujourd'hui.

Je ne pus m'empêcher de
soupirer lorsque *Dehahal* eut fini son histoire, & de souhaiter
avidement de n'être point obligé d'imiter ses travaux : Que
vois je s'écria ce Philosophe,
tu gémis intérieurement. Se
pourroit il que les endroits qui
devroient te porter à desirer les
plus grands biens , serviffent à
te priver de leur jouiffance? Tu
pâlis, ta foibleffe te fait envisager de legeres épreuves comme
des supplices affreux. Parle, ta
réponfe va décider de ton fort,
tu peux même te raffurer fi ta
vocation ne te porte point à re-
chercher le repos folide, je t'en
exemte, je te ferai reporter fur

la terre , en confidération même des vertus que tu as fait ici
paroître , & d la maniere fur-
tout dont tu t'es conduit à l'é-
preuve des douze tables : une
grace telle qu'elle foit , te fera
accordée. Après ces affurances
rien ne doit t'empêcher de t'expliquer.

Pendant que *Dehahal* me parloit , je me rappellai l'avis du
Sylphe , qui m'avoit tranfporté
dans l'Ifle , par lequel j'étois
condamné à ramper en reptile
fur la ter e , en cas que je n'ofaf-
fe tenter les épieuves. Je frémis
de l'alternative. Seigneur, m'é-
criai-je dans mon effroi , quelque grand que foit le defir , de
vous imiter , je ne me fens pas
autant de fermeté pour la pratique les fouffrances corporel-
les , que pour les vertus morales;
fi je fuis écorché tout vif , pen-

du par les pieds & par la langue,
ce ne sera, j'ose vous l'avouer,
qu'avec un regret mortel : eh
bien, interrompit *Dahahal* avec
un dépit éclatant, retourne sur
la terre, suis moi. *Scealgalis* va
prononcer : ô ciel, m'écriai - je
en obéissant ! quelle est la rigueur de la destinée humaine,
s'il faut acheter les biens éternels par des souffrances si affreu-
ses ? Pourquoi le Tout-puissant
ne daigne-t-il pas nous donner
la force d'y résister ?

Que viens je d'entendre, s'é-
cria *Dahahal*, en m'arrachant
quatre dents, tu blasphême ?
Après ces mots prononcés avec
fureur, il battit sept fois des
mains, à la derniere une nuée
d'esprits noirs couvroit le Ciel :
qu'on le saisisse, s'écria le barbare Philosophe, je l'abandonne,
& après lui avoir fait souffrir la

peine de la triple de *Gul-gin-hak*, (a) en réparation de son crime, vous le précipiterez sur la terre, où il rampera jusqu'à nouvel ordre. Qu'on juge de mon effroi à ce discours. Sans être au fait du supplice auquel on me condamnoit, je ne doutai pas qu'il ne fût extrême. Dans cet esprit, je voulus me jetter aux pieds du Philosophe, & lui crier miséricorde, mais il étoit déja disparu. O *Vilkonbis*! m'écriai-je, ayez pitié de moi, mon seul espoir est en vous.

J'eus à peine le tems de faire cette priere, j'étois déja saisi par les Esprits noirs. O ciel! qui pourra s'imaginer de la maniere dont ils m'enleverent; chacun d'eux me saisit en une partie de mon corps, cinq s'é-

(a) Supplice de l'Isle des Sylphides.

toient

toient mis à chaque main & à chaque pied, & m'enlevoient par les doigts : le reste de cette troupe s'étoit attachée à ma tête, avoient démêlé mes cheveux & m'enlevoient chacun par un poil ; tout mon corps étoit enfin tiraillé, & je fus enlevé dans les Cieux de cette maniere barbare. Je regrettai alors de ne m'être pas laissé écorcher tout vif, je n'en aurois pas assurément souffert davantage. J'avois beau jetter des cris horribles, rien n'attendrissoit les cruels, ils éternuoient de mes souffrances, & montroient sur leur phisionomie monstrueuse un air de satisfaction qui prouvoit la noirceur de leur ame. O grand *Vilkenhis* ! se peut-il que vous ne m'ayez pas secouru dans une si affreuse nécessité ?

Après m'avoir promené de

cette maniere pendant long-
tems, ils s'arrêterent fur un nuage épais & noir, & m'accroche-
rent par la nuque du col à un
crampon attaché à une perche
fort haute. Je m'y trouvai bien
à mon aife en comparaifon de
l'état dont je fortois ; toutes les
extrémitez de mon corps jufqu'à mes cheveux, dont chaque
brin étoit droit comme une
éguille, tout étoit refté tendu,
& me faifoit reffembler à un
hériffon, peu-à-peu ce tiraille-
ment ceffa ; je commençai à
refpirer & à efpérer la fin de
mes maux.

Mais je devois me fouvenir
de ce terrible mot, la triple de
Gul-gin-gak, qui exprimoit trois
fupplices différens, je ne me ferois pas laiffé aller à un efpoir fi
doux.

Cependant un cri général

ayant frappé mes oreilles, j'ouvris les yeux qui étoient restés fermés jusqu'alors. Je vis quatre grands Sylphes qui arrivoient de quatre angles différens avec une raquette à la main, les Esprits noirs s'étoient rangés de sorte qu'ils avoient l'air de spectateurs qui attendent une scéne pour les amuser. Hélas! ma conjecture ne fut que trop juste; l'un des Sylphes avança vers moi, me saifit d'une main puissante, & de l'autre me fit sauter dans les airs par le moyen de son énorme raquette comme une bale de paume; je fus élevé fort haut, & je retombai sur une autre raquette qui ne me fit pas faire moins de chemin, quelque douleur que je ressentisse, ce ne fut rien en comparaison d'une chûte que je fis par la mal-adresse d'un des Sylphes

qui faifoit le petit-maître avec
fa raquette, & qui manqua de
me renvoyer : je tombai par terre, & le froiffement fut fi fenfible, que je perdis entierement
la connoiffance ; que pouvoit-
il m'arriver de mieux dans une
pareille occafion ?

Le dernier fupplice auquel
je fus condamné fut le plus cruel
& celui qui me fit le moins
fouffrir. En reprenant la connoiffance qu'on juge de ma furprife extrême & de ma douleur
en reconnoiffant l'état prodigieux dans lequel j'étois tranf-
formé. Oferai-je l'avouer, je me
trouvai Serpent & le plus affreux
que la nature ait peut-être jamais produit. Je rampois fur la
terre, une forêt obfcure étoit
mon habitation, & mon afpect
caufoit tant de frayeur, que tout
fuyoit devant moi.

Après cette connoissance affreuse, je me repliai de desef-
poir, & voulus de ma langue
empoisonnée me percer de
cent coups mortels : Vains
efforts ! s'écria une voix venant
du Ciel , *tu ramperas jusqu'au
moment qu'une femme fidelle te
rendra ta premiere forme. Bénis
Scealgalis dont la bonté sans pareille empêche que ton supplice ne soit
éternel ; sans l'épreuve des do ze
tables dont tu es sorti victorieux ,
il n'y auroit point eu de miséricorde, ton blasphême auroit encouru
la derniere mort*, (a) vis & loue à
jamais le grand *Noc-ha-dor. Il te
laisse l'usage de la parole pour qu'elle
te serve à rapprocher le moment malheureux qui doit finir ton sort. Si-
nouïs* en ta faveur jouit du mê-

(**a**) Celle de l'ame : les Sylphides pré-
tendent que le supplice éternel est de rentrer dans le néant.

me avantage, *la compagnie d'un ami si cher t'aidera à supporter tes malheurs , il est dans le bois.* Voilà , ô *Lamekis*, ce que j'ai pû opérer pour ta consolation , j'aurois pû faire mieux si tu l'avois voulu.

Après ces mots la voix se tut, elle ne servit pas peu à calmer ma fureur ; l'espoir est un remede salutaire aux souffrances , je pouvois reprendre ma premiere forme, il s'agissoit de chercher une femme fidelle , elle n'étoit pas introuvable. L'usage de parler qui m'étoit conservé, étoit devenu un trésor. *Sinoüis* vivoit, je devois sans doute le rencontrer, un compagnon de disgrace sert à les supporter : voilà tout ce que je me dis en un moment.

Je passai le reste du jour à cotoyer un ruisseau , dans l'espe-

rance d'y rencontrer le malheureux *Sinoüis*, mais ma recherche fut vaine. Vers le milieu de
la nuit j'entendis une voix qui
sembloit se plaindre, je dreffai
la tête pour écouter, & il me
sembla diftinguer des fons qui
m'étoient connus. Dans l'idée
qu'ils partoient de mon ami fidéle, je me traînai jufqu'à l'endroit où ils étojent proférés. A
peine eus-je fait demi-quart de
keries, que j'entendis ces mots :
Faut-il que j'aie tout quitté pour
fuivre un homme dont l'infortune s'eft étendue fur tout ce
qui l'approchoit ? dans quel état,
grand Dieu ! mon amitié m'a-t'-
elle plongé ? Ne me vois-je pas
l'opprobre de tout l'univers, &
obligé de me cacher pour dérober ma honte & mes mal-
heurs ? Des pleurs amers entre-
coupèrent ces mots, & j'en fus

touché jufqu'à l'excès.

Je me preffai d'arriver juf-
ques fous l'arbre, où étoit *Sinoüis* : la fineffe de mes yeux
m'aida à le diftinguer : il trépi-
gnoit fur une branche, & il me
parut tel que je l'avois vû, c'eft-
à-dire Hibou. Je lui adreffai la
parole, & me fis reconnoître ;
il en fut d'abord fi effrayé, qu'il
fe laiffa tomber, & fans le fecours de fes aîles qui le foutin-
rent, il fe feroit tué, je le raffu-
rai : Quoi, c'eft vous, ô mon
cher *Lamekis*, s'écria-t'il dou-
loureufement ! puifque je vous
retrouve, je me perfuade que
je vais être moins malheureux. Après quelques difcours
femblables diétés par l'amitié,
il defcendit près de moi, mais
malgré tout ce que je lui difois
pour le raffurer, il n'ofoit m'approcher. Il m'avoua que mon

afpeſt étoit terrible , & qu'il n'étoit pas maître de fon effroi. Je me fervis de ce moyen pour le confoler : Vous voyez , lui dis-je , que votre fort , tout ri- goureux qu'il eſt , n'eſt pas à comparer au mien, puiſque je vous fuis moi-même en horreur, après la connoiſſance que vous avez que je fuis ce même *Lame- kis* que vous aimiez, & pour le- quel vous avez tout quitté; dans quel deſeſpoir cette connoiſſan- ce ne doit-elle pas me jetter ? *Sinoüis* parut honteux de ces mots ; rien ne confole davan- tage que de rencontrer plus malheureux que foi : il fe trou- va intérieurement fortuné de ne point me reſſembler , & cet- te idée le remit dans une affiet- te d'eſprit affez tranquille pour me rapporter en ces termes, tout ce qui lui étoit arrivé depuis notre féparation,

A peine vous eus-je quitté,
(*a*) entraîné par la force de mes
fens, ô *Lamekis*, me dit-il ! que
je me replongeai dans tous les
délices qui m'étoient offerts.
J'en étois fi enyvré, qu'à peine
me fouvins - je (oferois - je l'a-
vouer) que vous exiftiez. Mais
auffi, grand *Vilkonhis* ! qui à ma
place n'auroit pas fuccombé à
l'afpect de tant de charmes ?
J'avois aimé autrefois, je vous
l'avoue, ô cher compagnon de
mes difgraces, une adorable
Phénicienne qui m'avoit été enlevée par un rival barbare, tous
les inftans de ma vie depuis cette perte avoient été employés
fans fruit pour la retrouver ; le
motif de mon dernier voyage
procédoit autant de l'efpoir de
la retrouver, que de mon affe-
ction pour vous, ô *Lamekis*! il

(*a*) Page 132. ligne 18.

eſt tems de l'avouer. Je la reconnois à une de ces tables, elle eſt toute charmante, toute
adorable, quel eſt le tendre
Amant qui eût réſiſté à un pareil appas ? Je me jette dans ſes
bras, là je me dédommage de
tant de pleurs, de peines &
d'inquiétudes que m'avoient
cauſé ſon abſence. Mais, ô fatal retour ! à peine ai-je joui d'un
bien ſi flateur & ſi deſiré, que
la beauté que j'adore, perd peu-
à-peu de ſes charmes, & quitte
par degrez ces appas ſi flateurs,
bien-tôt le reſte s'évanouit, &
à leur place ſe ſubſtituent des
traits groſſiers & monſtrueux.
Je reconnois un Sylphe noir,
je veux jetter un cri d'effroi, je
ne trouve plus en moi d'orga-
nes propres à l'expérience ; mes
bras veulent s'étendre, mes pieds
s'enfuir, j'en ai perdu l'uſage.

ou pour mieux dire, ils se sont évanouis. O grand *Vilkonhis*, qui l'avez permis! quelle est ma surprise affreuse! je me reconnois Hibou & des plus hideux. Mon sort effroyable me fait frémir, je jette un regard furieux sur les causes de mon infortune; au lieu de ces mets si enviés, mes yeux ne découvrent que des vipères, des crocodiles & des serpens, & pour convives des Monstres affreux: je m'enfuis, je me cache, vous sçavez le reste. Un esprit noir me saisit, m'enleve à vos yeux, & me jette dans l'Isle des Sylphides, dans cette forêt, où j'ai langui jusqu'à ce jour.

Je ne fus pas surpris de cette histoire, *Sinoüis* avoit mérité son sort; pour moi qui avois résisté à l'épreuve des douze tables, je ne pouvois m'empêcher de murmurer intérieurement de la cruauté avec laquelle on me traitoit : je me reſſouvenois parfaitement qu'on m'avoit permis de demander une grace qui devoit m'être accordée , on ne ſe rend jamais juſtice ; j'oubliois que le blaſphême dont on m'avoit repris , m'en avoit rendu indigne, & que ce n'eſt pas aſſez d'avoir commencé à faire le bien , qu'il faut y perſévérer. Une faute griéve n'anéantit-elle pas toutes les bonnes œuvres paſſées ? Oui ſans doute , & je ne devois pas m'étonner de la rigueur de ma deſtinée.

Nous fumes quelque tems, *Sinoüis* & moi ſans parler ; enfin je rompis le ſilence, & lui rapportai à mon tour ce qui m'étoit arrivé depuis notre ſéparation. Tout ſenſuel que m'avoit toujours paru le cher ami, il me blâma du peu de fermeté que j'avois témoignée, après avoir montré tant d'ardeur pour arriver au souverain bien. Je convins de la justesse de sa réplique, & ne cherchai point de détour pour excuser ma foiblesse. Une partie de la nuit se passa à nous plaindre & à nous consoler mutuellement.

A peine l'Aurore au teint de rose parut-elle sur l'horison, que *Sinoüis* m'interrompit : Fuyons, me dit-il, cette caverne prochaine est mon asile & vous servira de repaire. Là nous pourrons continuer notre entretien sans crainte d'être interrompu : Eh ! qui pourroit le faire , m'écriai-je dans un lieu aussi solitaire ? Ah ! que dites-vous, reprit tristement *Sinoüis* , sçachez que si je m'exposois un moment de plus à la vûe des habitans

de ces bois, j'en ferois dévoré :
ce vulgaire ignorant prétend
que nous fommes ennemis de
la lumiere, & que nous ne pou-
vons en fupporter l'éclat ; je l'ai
cru moi-même autrefois, mon
expérience m'a détrompé. Le
Hibou fe cache, il eft vrai, dès
que le repas commence, mais
c'eft à regret ; c'eft bien plus
une fuite qu'une antipathie. Il
eft l'horreur de tous les autres
animaux ; croiriez-vous, ô *La-*
mekis! que tous les habitans du
Ciel, les oifeaux de toutes les
efpeces fe réuniffent pour le
huer ? Vous entendez déja le
criaillement de tous ces oifeaux,
ce n'eft rien en comparaifon de
ce qui fuccéderoit fi j'étois affez hardi pour attendre leur approche. Imaginez-vous que ce
qui frappe vos oreilles actuellement, eft un avis général que

je fuis ici & un mandement uni-
verfel pour y attirer tous les oifeaux d'alentour. Dès qu'ils font
prévenus fur ce fujet, ils fe raf-
femblent, m'environnent de
toutes parts, m'étourdiffent de
mille cris, & l'aventure finit par
un million de coups de becs furieux qui mettroient en pieces
un Hibou affez fot pour ofer les
attendre ; j'ai penfé en être la
victime. En achevant ces mots
Sinoüis prit un vol languiffant &
fut fe refugier dans la caverne.

Il étoit tems; à peine fut-il
en marche, que des nuées d'oifeaux de toutes les efpeces que
je n'avois point entrevûs, s'éle-
verent de deffus les arbres, le
fuivirent en troupe avec un ga-
zouillis infupportable ; ils furent
continuer leur huée fur le rocher où ils fe repoferent. J'en
fus fi indigné, que s'il m'avoi
été

été poſſible de les châtier, je m'y ſerois porté avec un ſingulier plaiſir ; je ne pus que ſiffler, & je le fis avec des ſons ſi aigus en me traînant vers la caverne dans laquelle je fus me refugier, que les oiſeaux effrayés s'éloignerent, & mirent un intervale à leurs clameurs importunes.

L'antre, dans lequel j'entrai, me parut éclairé & très-propre à y faire ma demeure. Un ruiſſeau d'une eau plus claire que le criſtal en ſortoit avec un murmure qui m'auroit plû dans tout autre tems. En levant les yeux vers le fond, j'entrevis deux Hiboux, & j'en fus ſurpris. Ils étoient ſi ſemblables, qu'il me fut impoſſible de diſcerner lequel renfermoit *Sinoüis* ; l'un des deux paroiſſoit éviter les approches de l'autre, & le dernier ſembloit vouloirle careſſer. Que

V. *Partie.* K

signifie ce que je vois, ô *Sinoüis*,
m'écriai-je en levant la tête?
vous êtes deux Hiboux; se pour-
roit-il que vous eussiez un asso-
cié de la même espece? Non,
reprit ce triste ami, cet oiseau
qui vous surprend, est réelle-
ment ce qu'il paroît, il me croit
sans doute propre à répondre à
son instinct, il est femelle, je
lui parois mâle, ma froideur a
fait sans doute penser à cet instinct que j'étois indifférent, il
me fait sa cour, m'assure en son
langage & par ses façons que je
lui conviens & qu'il m'aime.
Après cette déclaration qui m'a
déja été répetée plusieurs fois,
cette aimable Chouette me pro-
posa amiteusement de travail-
vailler de compagnie à faire un
nid, & de peupler de nos petits
cet autre désert. Jugez si la pro-
position me convient & si je

fuis capable de répondre à fes
ardens défirs. J'enrage de cette
fituation nouvelle, j'ai beau faire le cruel, l'affurer que j'ai ju-
ré de ne jamais aimer, elle me
pourfuit fans ceffe ; je viens de
lui dire qu'elle m'obligeroit par
fes importunitez à quitter cette
retraite ; elle me répond qu'elle
me fuivra en tous lieux , quel
tourment! Aurois-je dû m'attendre à ce fupplice nouveau ?
C'eft donc un fupplice d'être
aimé , m'écriai je en ne pou-
vant m'empêcher de rire mentalement de l'aventure ! Que ne
laiffez-vous efperer à la Chouette que vous ferez fenfible un
jour à fa tendreffe ? Ah! je n'ai
garde, reprit vivement *Sinoüis*,
fa reconnoiffance iroit à l'excès, elle eft fi vive, & fi accou-
tumée à faire les avances, que
la nuit paffée elle penfa me fur-

prendre en dormant ; ce n'eſt qu'à coups de bec que je m'en ſuis débarraſſé. Jugez à quoi ma complaiſance m'expoſeroit! L'indifférent Hibou n'en put dire davantage. Effectivement la Chouette le preſſoit vivement, & l'obligea pour ſe défendre de ſes approches , d'interrompre l'entretien. Quelque malheureux que je fuſſe , je ne pus m'empêcher de rire de cette plaiſante ſcéne , la converſation entr'eux étoit vive , le ſon de leur voix reſſembloit à ceux des pots caſſés. Enfin *Sinoüis* trop preſſé jugea à propos de quitter la place, & de venir ſe refugier tout près de moi. L'ardente Chouette le ſuivit amoureuſement ; mais ayant levé la tête & ſifflé , je lui fis une ſi grande frayeur, qu'elle s'enfuit, & fut ſe cacher dans une crevaſſe obſcure du rocher.

Sinoüis m'avoua que je venois de lui rendre le service le plus essentiel qu'il pût recevoir de sa vie : en vérité ! s'écria-til par réflexion & du plus grand sérieux du monde ? J'étois excédé ; mais peut-on pousser l'indécence à un tel excès , j'eus l'injustice de me réjouir intérieurement de ce qui l'affligeoit si vivement ; mais je ne tardai pas à en être puni , & à faire moimême l'expérience de mon injustice , tant il est vrai que quelques attachés que nous soyons à nos amis , nous ne ressentons jamais leurs peines avec la sensibilité dont nous ressentons les nôtres. Pour en venir à ce point d'humanité , il faut avoir enduré les maux dont on se plaint , alors on est véritablement tendre & compatissant ; c'est ce que je ne tardai pas à éprouver.

Nous fîmes des réflexions affez triftes pendant quelques
heures fur notre état malheureux; cependant tout cruel qu'il
eft, m'écriai-je avec un fentiu
ment de refpect pour les décrets
éternels, nous devons remercier
l'Auteur de notre exiftence, de
ce qu'il a permis que nous ayons
confervé l'ufage de la raifon &
de la parole ? Que me dites-
vous, interrompit *Sinoüis* en
battant des aîles d'impatience,
ne vaudroit-il pas mieux cent
fois que nous fuffions en effec
ce que nous paroiffons ? Né
femble-t-il pas au contraire que
cette raifon ne nous foit laiffée
que pour fentir toute la gran-
deur de notre infortune ? Reve-
nez d'un fentiment fi contraire
à la foumiffion dûe au Tout-
puiffant, repris-je, ce maître
abfolu de toutes chofes, ne per-

met rien fans des raifons auffi
juftes qu'il eft grand ; un jour
viendra que vous fentirez toute l'excellence de fes decrets ;
le nuage grôffier de notre humanité nous empêche de la pé-
nétrer, & eft la fource de ces
murmures criminels. Recevez
cet avis d'un ami qui vous aime,
& qui feroit au defefpoir de
vous voir plus malheureux. Un
blafphême m'a réduit dans l'é-
tat où vous me voyez, un trop
grand penchant à vous conten-
ter, a caufé votre métamorpho-
fe; que notre expérience nous
humilie; les vrais fages en doivent profiter. Il n'y a que les
fous qui la méprifent, & qui fe
plongent dans le defefpoir.

Ce peu de mots fit impreffion
au malheureux *Sinoüis*, & me
donna lieu de faire moi-même
quelque réflexion. Une priere

fervente au souverain Etre des Etres fut suivie d'une entiere résignation à ses decrets. Ces sentimens pieux & convenables à notre situation humiliante, donnerent quelque tranquillité à notre esprit : A quoi tient-il, s'écria mon ami en me regardant fixément , que vous n'acheviez vos Aventures ? Ce seroit un puissant moyen pour nous distraire l'un & l'autre de tant d'ennuis. Volontiers , repris-je , ce moyen est infaillible pour nous prouver que nous ne sommes dans la vie que pour en essuyer toutes les traverses , vous en allez juger dans peu; j'en suis un exemple bien positif. Après avoir rêvé un moment, je repris dans ces termes l'Histoire de la Princesse des Amphitéocles , (a) racontée par

(a) Page 130. de la III. Partie. ligne 13.

elle-

elle-même à la Reine, à *Lod.*
& à *Boldeon*, en faisant ressou-
venir *Sinoüis* que c'étoit toujours *Motacoa* qui parloit.

SUITE DE L'HISTOIRE

de la Princesse des Amphitéocles.

SI votre auguste pere prouvoit
par cet ordre prévoyant sa
politique fine & déliée, continue
le *Karveder* à la Princesse des
Amphitéocles ; *Mag-na-fa-kal-
da* montra combien elle étoit
habile & adroite en se dérobant
subtilement au juste courroux de
son Souverain.

Le pied-d'estal sur lequel étoit
placée l'idole, fut l'asile dans lequel elle se jetta, & où elle fut
long-tems à l'abri d'un supplic-
ce mérité. *Lindiagar* ayant été
averti qu'elle ne se retrouvoit

V. Partie. L

plus fit faire des recherches exa-
ctes dans l'intérieur du Temple,
& ne fut pas peu furpris de ce
que cette Prêtreffe lui fut échap-
pée. Il ne voulut pas defcendre
de la grande tribune qu'elle ne
fe retrouvât, & qu'il ne l'eût per-
due. Des ennemis de cette trem-
pe ne doivent point été ména-
gés. Un fage politique eft obligé dans de pareilles occafions
pour fa tranquillité & celle de
l'Etat, de trancher par la mort
avec de tels ennemis.

Pendant la recherche qu'on
faifoit de *Mag-na-fa-kal-da*, qui
continuoit à ne point fe retrouver, la Princeffe fuppofée aimée
par l'accufation de *Mag-na-fa-
kal-da*, fut amenée à *Lindiagar*
par les Prêtreffes. Le droit inconteftable que donnoit l'élé-
vation de la grande tribune, qui
mettoit au deffus de toutes les

loix, donna lieu au Souverain
de satisfaire au desir qui le pres-
soit d'envisager cette Princesse.
Et pour cet effet il ordonna que
son voile fût levé ; les Prêtresse de la confidence de leur Su-
périeure voulurent résister : elles
prévoyoient bien que de cet ordre dépendoit leur condamnation ; mais vains efforts ! Le *Kar-*
veder les obligea d'obéir : la
Princesse parut à visage décou-
vert. Grand Dieu ! s'écria *Lin-*
diagar en frappant trois fois le
Tok-ho-dor, (*a*) se peut-il que le
mensonge & la supposition
osent exercer leur noirceur jus-
ques dans le Sanctuaire de *Ful-*
ghane ? Est-ce-là cette Princesse
que le feu n'avoit point épar-

(*a*) Une cloche quarrée ; laquelle étant
touchée par le Roi donnoit la liberté des
yeux & de la respiration ; à peine en un
siécle ce privilege étoit-il accordé au
peuple.

gnée, & qui a donné lieu à la fu-
pofition d'une autre? O vous,
mes *Bil-bou-gan-gans!* (*a*) voyez
& jugez.

Le peuple qui avoit tout en-
tendu, & qui ayant l'ufage des
yeux permis, reconnut la fauf-
feté du difcours de la grande
Prêtreffe, jetta un cri furieux,
par lequel il la dépofoit & la
condamnoit à la *Fa-ris-bouk.* (*b*)
Le Roi confirma le Jugement,
fit ceffer le murmure,& ordonna à celle qui venoit de donner

(*a*) Mes enfans: le Roi ne parloit jamais à fon peuple en général, qu'il ne fe
fervît de cette expreffion.

(*b*) Supplice de diftinction: il confi-
ftoit à être mis fous une preffe, où vous
étiez applatis comme une fenille de papier,
la liqueur qui en fortoit, fe brûloit en face du Simulacre, & la peau qui l'avoit exprimée, étoit enchaffée & mife dans le
Temple avec un bas relief qui apprenoit
la caufe de fa condamnation.

lieu à la condamnation de la Prêtreſſe de rapporter elle-mème ce qu'elle ſçavoit de ſon intrigue, ſous peine d'encourir le même ſupplice que la grande Prêtreſſe. La jeune perſonne effrayée de cette menace, ſe jetta au pied de *Fulghane*, tourna le dos au Roi, & après ces marques de reſpect, elle convint qu'elle étoit fille de *Magna-ſa kal-da*, & que la haine que ſa mere avoit eue de tout tems pour la Princeſſe *Cleanes*, qu'elle ne pouvoit ſe réſoudre à voir devenir ſa Souveraine, lui avoit fait imaginer de la ſuppoſer, elle qui parloit à ſa place, afin d'être à l'abri du ſupplice qu'elle couroit, ſi jamais ſon commerce avec les mâles étoit ſçu, comme elle avoit lieu de le redouter, à cauſe de l'inimitié qui regnoit contre elle dans le Temple,& des foupçons qu'elle avoit que fon fecret ne fût éventé.

Cette dépofition parut fi hor-rible à votre augufte pere, qu'il s'arracha de defefpoir la moitié de la barbe; le peuple qui en fut témoin, & qui veut par de-voir & par refpect donner les mêmes preuves d'indignation, n'héfita point à l'imiter; en moins d'une minute toutes les barbes furent arrachées. Les Vieillards même à caufe de leurs foiblef-fes recoururent à la vigueur des bras des plus jeunes, & furent épilés jufqu'au dernier poil.

Voilà, Princeffe, où les cho-fes en font actuellement, con-tinua le *Karveder*. Le grand *Lindiagar* s'eft perfuadé que dans une pareille circonftance il faut que vous paroiffiez, afin que votre préfence affure votre droit inconteftable au trône. La marque facrée que vous portez sur le front, vous fera reconnoître pour ce que vous êtes, & vous affurera contre les brigues fatales que pourroient enfanter le troubles préfens. Que ne m'aviez-vous dit cela d'abord, m'écria-je avec dépit ; je ferois à préfent au Temple? Ne m'avez-vous pas fait perdre un tems précieux? Non, Princeffe, continua le *Karveder*, le peuple eft dans l'*inoupifoir*. (*a*) Il auroit été dangereux d'interrompre fa fureur. Dès que le Soleil fera difparu de notre hémifphere, vous paroîtrez aux yeux du peuple étonné; ce font les ordres fuprémes du grand *Lindiagar*. Après cela *Abfka-kou*. (*b*) Ce terrible

(*a*) C'étoit une efpéce de délire ordonné par le culte lorfqu'on vouloit fléchir la Divinité, & lorfqu'il avoit commencé, il ne devoit ceffer qu'au coucher du Soleil.

(*b*) Ce mot eft difficile à traduire; les

mot étoit trop impofant pour
ofer rien ajouter; je baiffai les
yeux, & attendis l'inftant marqué. Le *Karveder* me paffa la
tête entre les deux jambes, fe
releva & me porta de cette maniere refpectueufe à la porte du
Temple, & dès que le Soleil
fut dans le point attendu, nous
entrâmes. Mon augufte pere
m'ayant apperçue, toucha le *Toc-
ho-dor*, harangua le peuple en
ma faveur, me fit monter à fa
tribune, me couvrit de fa to-

Sçavans l'expliquent de plufieurs manie-
res. Heinfius dit qu'il fignifie *plus de re-
plique*. Scaliger affure qu'après l'ordre
fouverain, il n'étoit pas permis de répondre, & que ce mot fignifioit, taifez-vous.
Il y a cependant apparence qu'en ce cas le
Karveder refpectueux ne s'en feroit pas
fervi avec la fille de fon maître qui alloit
devenir fa Souveraine. L'Abbé Menage
eft de ce fentiment, & j'ai cru devoir le
fuivre, quoique Madame Dacier le conte-
fte fort au long, auffi-bien que M. de Fon-
tenelle dans fes Errata.

que , & me fit reconnoître
Cleannes , c'eft-à-dire, Reine.
Mon premier acte d'autorité fut
l'anéantiffement de deux loix ,
que j'avois toujours abhorrées.
L'ufage naturel de jouir de la
préfence de ceux qui nous ont
donné le jour , fut rétabli dans
toute fa fplendeur & dans le
même jour j'ordonnai le renvoi
de tous les mâles confervés dans
le Palais de *Kaijocles* avec une
liberté entiere aux Princes &
aux Princeffes de ma race de fe
marier dans les fuites felon leur
dignité & leur raifon.

Ces changemens ne furent
point applaudis , le peuple me
fembla murmurer. *Lindiagar* qui
ne s'attendoit pas que je duffe
porter les chofes fi loin , m'en
fit voir la conféquence ; j'allois
répondre à cet augufte pere que
l'autorité fupréme devoit le met-

tre au deſſus de ces égards, lorſ-
qu'un cri général occaſionné
par le plus grand prodige, atti-
ra mon attention. *Fulghane* tournoit comme une girouette ſur
ſon pivot; ce miſérable annon-
çoit un ordre ſupréme de la Divinité, j'en fus émûe. Le Roi
lui-même malgré ſa prévention
contre ſa propre Religion, m'en
parut ébranlé; le Simulacre qui
s'arrêta tout court, & qui jetta
un grand ſoupir, redoubla notre ſurpriſe, il proféra ces mots
d'une voix intelligible & claire
qui jetta la conſternation & le
trouble dans l'ame de tous les
aſſiſtans.

C'en eſt donc fait, il faut que mon
peuple périſſe, que le Temple s'é-
croule, & que je m'éloigne pour ja-
mais de ces lieux. Un Roi ſuperbe
s'éleve, une fille criminelle anéan-
tit mes loix, des Sujets perfides

proscrivent ma grande Prêtresse,
refusent d'obéir à mes ordres divins, s'élevent contre mes ordres
suprêmes; & fouleroient aux pieds
mon propre Simulacre, si ma puis-
sance divine n'alloit prévenir par
une vengeance affreuse leurs coupables projets. Tremblez, Amphi-
théocles, vous allez tous périr,
un seul moment vous est donné
pour vous repentir, un seul moyen
pour appaiser ma colere, & vous
faire rentrer en grace. Que Lindiagar soit renversé de ma grande tribune, que sa fille souffre le
supplice auquel Mag-na fa-kal-
da a été condamnée injustement,
que celle qui s'est déclarée sa fille &
qui est la mienne (secret que je veux
bien réveler) monte à la grande tribune, & exerce le pouvoir souverain; à ce prix je fais grace, ou je
foudroye. J'ai parlé.

A peine ce faux Oracle fut-
il prononcé, que le peuple s'é-

leva en fureur , & voulut s'y conformer : *Lindiagar* , qui ne s'est montré jamais si grand que dans les périls les plus terribles, jetta sa toque au peuple , sonna le *Toc-ho-dor* , & ordonna au *Karveder* de se faire accompagner de ses Gardes, de forcer le Sanctuaire & de briser l'autel sur lequel étoit le Simulacre. On me trompe , on vous séduit, *Bil-bou-gan-gan* ! s'écriat-il, *Fulghane* ne parle que par artifice, *Mag-na-fa-kal-da* est cachée dans son sein, une machine préparée est le principe de ce prodige dont on a voulu nous étonner : si ces choses ne sont point telles que je vous les annonce, & qu'après la visite du Simulacre , *Fulghane* parle , ou donne des marques certaines de sa présence, je descends de la grande tribune , je sacrifie moi-même ma fille à la Divinité en réparation de l'offense , & je fcelle de mon fang votre grace & mon crime; après cela *Abf- ka-kou*.

Ces paroles prononcées avec une force majeftueufe , arrête- rent le peuple prêt à fe porter aux dernieres extrémitez, il ren- tra dans un humble filence , & attendit l'effet des promeffes royales. Il ne fut pas peu furpris de la pénetration de fon Souve- rain. *Mag na-fa-kal-da* fut trou- vée dans l'intérieur du Simula- cre : elle cachoit de fes mains fa face antique & honteufe, on découvrit la machine qui avoit fait tourner le Simulacre , & bien d'autres fourberies trop longues à détailler.

Le peuple outré d'avoir été fi long-tems la dupe des perfi- dies de cette grande Prêtreffe , se porta contre elle, sa fille, & toutes celles qui lui étoient subordonnées, à des fureurs inouies; ils me supplierent hautement, car j'étois reconnue Souveraine, d'abandonner le Temple, de me retirer dans mon Palais & de les laisser en liberté, d'assouvir leur vengeance & leur fureur. Je crus devoir me prêter à leurs justes ressentimens.

Deux heures après le Temple fut détruit de fond en comble, & les coupables punis à la place de l'impuissant *Fulghane*, fut adoré dans tout le Royaume le grand *Vilkonhis*; des temples lui furent dédiés, & l'on peut dire que cette grande révolution s'acheva, sans que l'Etat en reçût aucune atteinte. La vérité a cela de propre quand elle est écoutée, elle persuade. Les

Amphitéocles en reconnoissant un Être supréme, trouverent tant de justice & d'humanité dans ses loix, qu'ils plierent avec empressement sous un joug si doux. Le grand *Lindiagar* se rendit lui-même leur Ministre. Quelle gloire après avoir regné en Roi puissant sur leurs cœurs, & avoir donné à ses peuples pendant le cours de son regne tant de preuves de bonté, il les couronne en travaillant à les rendre heureux jusqu'après le trépas. O Ciel, c'est vous qui avez fait cet important ouvrage! combien n'en devez vous pas être béni? Les Amphitéocles vous en loueront à jamais

Fin de la cinquième Partie.

www.ingramcontent.com/pod-product-compliance
Lightning Source LLC
Chambersburg PA
CBHW060809250626
47162CB00005B/1718